हिन्द पॉकेट बुक्स

उस पार का अंधेरा

सुदर्शन नारंग का जन्म 20 अप्रैल 1940 को कामों की मंडी, गुजरांवाला में हुआ। आपने हिन्दी साहित्य की हरेक विधा में जमकर लिखा है। *हमशक्ल*, *सिर्फ एक आकाश*, *इतना बड़ा पुल*, *गंगाघाट*, *सात समुद्र पार* आपके प्रमुख कहानी संग्रह हैं। *कटे हुए दायरे*, *दायां हाथ*, *एक था केशोराम*, *अपने विरुद्ध*, *प्रस्थान*, *अभिलाषा*, *कालरात्रि*, *खेल-खेल में*, *भूमध्य रेखा*, *रंगमहोत्सव*, *दिलदरियां* आपके उपन्यास हैं।

उत्तर प्रदेश हिंदी संस्थान से पुरस्कृत नारंग जी ने कई फिल्मों के लेखन में भी सहयोग दिया है।

उस पार का अंधेरा

सुदर्शन नारंग

हिन्द पॉकेट बुक्स
पेंगुइन रैंडम हाउस इम्प्रिंट

हिन्द पॉकेट बुक्स

यूएसए। कनाडा। यूके। आयरलैंड। ऑस्ट्रेलिया। सिंगापुर
न्यू ज़ीलैंड। भारत। दक्षिण अफ्रीका। चीन

हिन्द पॉकेट बुक्स, पेंगुइन रैंडम हाउस ग्रुप ऑफ़ कम्पनीज़ का हिस्सा है,
जिसका पता global.penguinrandomhouse.com पर मिलेगा

पेंगुइन रैंडम हाउस इंडिया प्रा. लि.,
चौथी मंजिल, कैपिटल टावर -1, एम जी रोड,
गुड़गांव 122 002, हरियाणा, भारत

पेंगुइन
रैंडम हाउस
इंडिया

प्रथम संस्करण हिन्द पॉकेट बुक्स द्वारा 1985 में प्रकाशित
यह संस्करण हिन्द पॉकेट बुक्स में पेंगुइन रैंडम हाउस द्वारा 2022 में प्रकाशित

10 9 8 7 6 5 4 3 2

ISBN 9789353494032

मुद्रकः रेप्रो इंडिया लिमिटेड

www.penguin.co.in

उस पार का अंधेरा

जिस पात्र को मैं आपके सामने रखना चाहता हूं, वह मैं स्वयं ही हूं। आदमी के मन में जब भगदड़-सी मच उठती है, तो वह चुप नहीं रह सकता; पर जिन्दगी में भाग खड़े होने वाली बात हो, ऐसा भी नहीं है। न ही मैं किसी तरह की जल्दबाजी में हूं। प्रश्न केवल स्वयं को पचानने का होता है। ऊपरी तौर पर मुझे किसी तरह के खतरे का अभास ही नहीं हो पाया था। बारह वर्ष तक अन्दर-ही-अन्दर कुछ चटकता रहा था और मेरा रुख अवहेलना का बना रहा था।

वास्तव में देखा जाए, तो एक सही शुरुआत भी कोई माने नहीं रखती। इसका मुझे बहुत बाद में अहसास हुआ था। परि-स्थितियों की विचित्रता का पार पाना बहुत जटिल होता हैं। शुरू में तो सारा दोष मैं अपनी गलत शुरुआत और साधनहीनता को ही देता रहा। दरिद्रता का उतना दोष नहीं होता, जितना हीनभावना में ग्रस्त होने का। आपको मेरे आत्म-पीड़ित होने का भी भ्रम हो सकता है; पर बात केवल मेरी ही हो, ऐसा भी नहीं है। मैं आपको कई लोगों के बारे में बतलाना चाहता हूं।

किसी-किसी आदमी के लिए तो जिन्दगी अपनी होकर भी अपनी नहीं रह जाती। विशेष रूप से शुरू में हमें उतना अनुभव

नहीं होता और हम दूसरों में अपनी निष्ठा और आत्मविश्वास को तलाश करने के असफल प्रयास में लगे रहते हैं। सम्भवतः दूसरे कुछ लोगों की नियति भी हमारे जैसी ही होती है और वे भी वैसे ही प्रयास में भटक रहे होते हैं। तब हम एक-दूसरे में स्वयं को खोजने में सफल भी हो जाते हैं। किसी अन्य से हमें उतना ही मिल पाता है, जितना हम उसको देने की क्षमता रखते हैं।

मैं आपको उन कुछ लोगों के बारे में बतलाना चाहता हूं, लेन-देन के लम्बे सिलसिले में जो मेरे निकट सम्पर्क में आए और दूर होते चले गए।

इसमें मेरा भी दोष है कि लोगों को मेरे काम का आदमी होने का भ्रम बहुत शोध होता है। उन लोगों में जिनके विषय में मैं आपको बताना चाहता हूं बहुत-से ऐसे भी हैं, जिन्हें मैंने बहुत दूर से देखा अथवा उनके एक पक्ष मात्र को देखा। उन लोगों के बारे में बनी मेरी राय में मेरे कुछ पूर्वाग्रह शामिल रहे हों, तो आश्चर्य की बात नहीं।

किसी और के विषय में कहने से पहले मैं विभू के बारे में बताना चाहता हूं। बारह वर्ष का लम्बा समय किसीको जानने-समझने के लिए पर्याप्त होता है, पर मैं कतई छिपाने को उत्सुक नहीं हूं कि विभा को लेकर मैं किसी भी निष्कर्ष पर नहीं पहुंच पाया। पिछले बारह वर्षों में कई बार हम निष्कर्षों पर पहुंचते-पहुंचते रह गए। सामान्यतः ऐसी दिक्कत कम ही उत्पन्न होती है; पर विभू के चेहरे की मन्द मुसकराहट का सही विश्लेषण करना मेरे लिए असंभव कामों में से एक था।

झंझलाइट में एक बार मैंने कहा था, "बारह वर्ष बिना किसी निष्कर्ष पर पहुंचे निकल गए···।"

"शेष भी यूं ही बिना किसी निष्कर्ष पर पहुंचे निकल जाएंगे!" और एक मन्द-सी, ठीक कहू, तो कुटिल मुस्कान उसके होंठों पर दबकर रह गई थी।

यों उसके बयान से मुझे तसल्ली मिलनी चाहिए थी; पर उसकी कुटिल मुसकान ने शब्दों का अर्थ ही बदल दिया था। ऐसे में बदले की क्रूर भावना मेरे अन्दर तिलमिला उठती। कई बार तो मैंने उससे बदला लिया भी था। अकारण जान-बूझकर, आहत कर स्त्री को दबाना शायद पुरुष की आधारभूत प्रवृत्ति होता है। न जाने वह कौन-सी मिट्टी से बनी थी? विद्रोह जैसे शब्द का तो उसने कभी सहारा ही नहीं लिया। ऐसा भी न था कि उसने कभी सर उठाया ही न हो।

दरअसल वह अति विरोधी प्रकृति की लड़की या शायद स्त्री थी। जब उसे गुस्सा आता फुंकार सी करती हुई बिलबिला उठती। दूसरे ही क्षण जैसे किसी ने घड़ों पानी डाल दिया हो—शान्त हो उठती। ऐसे में गुमसुम वह अपने काम में लग जाती और फिर घंटों बिना बात किए चुपचाप आंखें चुरा नाराजगी जाहिर कर देती। विभू के इस विरोधी स्वभाव को मैं कभी नहीं समझ पाया। एक कारण शायद उसकी कमजोर स्थिर का था। मेरी धारणा निर्मूल हो ऐसा भी मुझे संशय रहता है। शुरू के सालों में उसने मतभेद का आभास भी नहीं दिया था। इधर उसके आचरण में कुछ अन्तर दृष्टिगोचर होने लगा था।

जिस उतावलेपन में मैं सारी बात बता देना चाहता हूं,

उससे आपको कुछ भी समझ नहीं आएगा। बारह वर्ष पहले की बहुत सारी बातें हैं, जिनकी जानकारी के बिना सही स्थिति को समझना दुविधाजनक हो सकता है। आपके मन पर कई प्रश्न सूचक चित्र अंकित हो जाएंगे और संशयग्रस्त आप मुझे ही दोषी मान बैठेंगे।

हमारी मित्रता का अभी प्रारम्भ ही था और साथ रहने का निर्णय भी तब तक नहीं हुआ था। इतना अहसास हमें हो चुका था कि एक-दूसरे की संगत में समय अच्छा कट जाता है। शुरू-शुरू में आदमी के पास अपने विषय में बताने और दूसरे के विषय में जानने के लिए भी बहुत कुछ होता है। कुछ-कुछ आयु पर भी निर्भर करता है। पैंतालीस वर्षों की लम्बी उबाऊ जमीन तय करते-करते यों भी आदमी के अन्दर का कुछ-न-कुछ भुरभुरा जाता है।

कुछ वर्ष पहले मौका मिलता, तो इन्हीं बातों को बताने के लिए मेरे पास दूसरी शैली होती। अब वे बातें एक हद तक बचकाना भी जान पड़ती हैं। विभू तो अब भी अकसर बचकानी हरकतें करने से बाज नहीं आती। उसे शिकायत होने लगी है कि मैं जल्दी बुढ़ा गया हूं। इस बात पर उसने शुरू में ही ध्यान दिया होता तो अच्छा रहता। कभी सोचता हूं, अभी भी कौन देर हुई है। देर तो कभी भी नहीं होती। तीस-बत्ती की आयु नयी शुरुआत के लिए कुछ ज्यादा भी तो नहीं होती। उन दिनों जब हमारी मुलाकात हुई थी, तो उसकी और अपनी आयु का अन्तर मुझे सामान्य जान पड़ा था। विभू ने भी गम्भीरता से नहीं लिया था। आज बारह वर्ष बाद आयु का वह अन्तर एक

खाई की तरह गहरा और दीर्घकालीन हो उठा है।

पन्द्रह वर्ष का भेद पीढ़ियों के अन्तर की तरह किन्हीं भी दो लोगों को एक-दूसरे की ओर पीठ मोड़ अजनबियों की तरह अलग राह पर चल देने पर मजबूर कर सकता है। हमने तो बारह वर्ष निकाल दिए थे। इन वर्षों में इस बात का श्रेय हमेशा मैं स्वयं पर लेता रहा हूं। दरारों में एक दरार इस कारण भी उत्पन्न हुई थी।

कभी जब आदमी किसी गलत धारा को ठीक मान लेता है, तो ठीक ही समझे चला जाता है। छोटी-सी त्रुटि का वर्षों सुधार नहीं हो पाता, फिर जब गलती का अहसास होता है, तो आत्मग्लानि का एक कारण यह भी रहता है कि इतनी क्षुद्र भूल हुई, तो हुई कैसे? जहां मैं इन बारह वर्षों के निर्विघ्न व्यतीत हो जाने का सेहरा बांधे घूमता फिरा, विभू हमेशा आगे की सोचती रही है। उसका निश्चित मत था, अब भी है, कि शेष जीवन भी यूं ही निर्विघ्न व्यतीत हो सकता है।

अपनी कुछ सीमाओं के बावजूद अकसर मैं ही ऊब का शिकार होता रहा हूं। शायद इस कारण भी कि मैं रूढ़िग्रस्त था। शुरू में ही 'अगर विभू ने जोर दिया होता, तो हम आम लोगों की तरह जीवन के सूत्र में बंध गए होते। जैसाकि शुरू में होता ही है, मैं किसी भी कीमत पर उसे प्राप्त करना चाहता था और उसकी तमाम शर्तें मुझे मान्य होती; पर मैंने देखा था कि विभू में मेरी तरह उतावलापन नहीं था और उसने कुछ समय यूं ही साथ रहने का सुझाव दिया था। उसको सुझाव इतना कारगर हुआ कि हमने बारह वर्ष व्यतीत कर डाले।

घटनाओं की क्रमहीनता को निर्विरोध स्वीकार करते चले जाने के पीछे मेरी अनिश्चित मनःस्थिति का भी हाथ था और जो घटित होता रहा था. वह इतना अप्रत्याशित और भयंकर था कि अच्छा-भला आदमी हताश हो उठता। अपने विषय में

मुझे कोई भ्रम नहीं था। बर्दाश्त करने की क्षमता के कारण ही मैं छिन्न-भिन्न होने से बच पाया था और विभू मेरे साथ बनी रही थी।

बाहर अन्धकार घिर आया था। मैं तैयारी कर रहा था, जब विभा पीछे से आकर खड़ी हो गई थी।

"तुम जल्दी ही लौट आओगे न?"

"हां-हां, मैं जल्दी ही लौट आऊंगा।" हठात् मेरा स्वर कांप गया था।

एक समय वह भी था जब विभा के कारण मैं अच्छे-से-अच्छे निमन्त्रण की अवहेलना कर डालता था और शाम को उसके बगैर कहीं नहीं जाया करता था। यह सोचकर कि देर तो हो ही जाएगी, मैं मन-ही-मन खीज उठा था। देर की संभावना का उसे पता न हो ऐसा भी न था।

सफाई-सी पेश करते मैंने कहा था, "तुम्हें तो पता है। इन पार्टियों में क्या रहता है? जल्दी उठ जाना संभव ही नहीं होता।"

"जाना जरूरी है क्या?"

नाट को ढीला करते हुए मैंने कहा था, "तुम नहीं चाहतीं, तो नहीं जाती।"

अपनी ही बात को लौटाते वह बोली थी, "यह मेरा मत-लब नहीं। तुम्हें स्वयं सोचना चाहिए। आधी रात तक प्रतीक्षा में बैठे-बैठे मेरा क्या हाल होगा? थोड़ी जल्दी भी तो उठ सकते हो।"

जल्दी लौटने का आश्वासन देते हुए मैं फिर से तैयारी में

जुट गया था। शुरू के एक साल में जब हम इस घाटी में आए थे, तो लोग हमें पति-पत्नी समझे थे। जिन्हें हमने वास्तविकता बता दी, वे उसे मेरी मंगेतर समझ सिर पर उठाए रहे थे। उस साल सभी के यहां से दोनों के लिए निमन्त्रण रहता। बाद में लोग औपचारिकतावश कभी बुलाते भी तो केवल मुझे ही निमन्त्रण भेजते। सम्भवतः विभा का बहिष्कार जतलाने के लिए उन्होंने उसकी अवहेलना की आड़ ली थी।

वह अब भी स्थिर पीछे खड़ी थी। मैंने मुड़ते हुए कहा था, "बैठो, भई! तुम तो एकदम अजनबियों की तरह खड़ी हो।"

वह एकदम तमक उठी थी, "तुम्हें इस तरह मेरा अपमान करने का कोई हक नहीं।"

उसका आशय मैं एकदम समझ गया था, "इधर तुम बिलकुल बच्चों जैसा आचरण करने लगी हो। तुम्हें तो पता है, जाना कितना जरूरी है। इसमें हमारा अपना स्वार्थ···"

"मेरा आचरण तो जैसा भी है; लेकिन मुझे तुम पर आश्चर्य होता है। तुम इस तरह घुटने टेक दोगे, मुझे कभी उम्मीद नहीं थी।"

"मैं जो हूं मुझे अच्छी तरह मालूम है। अब शेष गुस्सा लौटने पर···।"

बात काटते हुए उसने कहा था, "एक समय था जब मुझे छोड़ तुम कहीं जाना पसन्द नहीं करते थे। जिन्हें मैं असह्य थी, उनसे मेलजोल तक गवारा नहीं था और अब स्वार्थों को साधने की बातें अधिक महत्त्वपूर्ण हो गई हैं।"

"अपनी बकवास तुम अपने तक ही रखो, तो बेहतर होगा।" यह मेरा अन्तिम अस्त्र था, जो खाली नहीं जाता। मेरा पारा गर्म होते देखते ही, जिसका मैं मात्र अभिनय ही करता रहा हूं, वह चुपचाप एक ओर हो लेती।

दरअसल दोष लोगों का ही है, जो वास्तविकता को जानते हुए भी मुझ अकेले को निमन्त्रण भेजते हैं या फिर दोष मेरा हैं, जो मैं ऐसे अधूरे निमन्त्रण को स्वीकार कर लेता हूं। पार्टियों में आने वाले लोगों के बारे में वह कुछ भी तो न जान पाती थी। अगले दिन जब वार्तालाप में मैं बार-बार उनकी चर्चा करता, तो विभू का भौंचक्का रह जाना स्वाभाविक ही था।

उसकी चुप रहने की आदत के बावजूद कभी-न-कभी झगड़े की-सी स्थिति उत्पन्न हो जाती। शुरू से ही उसे आत्मनियंत्रण की आदतें डालनी पड़ी थीं। ऐसा नहीं कि वह भीरु प्रकृति की थी या शिथिल पड़ने लगी थी। मेरा अनुमान अब भी यही है कि वैसा मेरे प्रति लगाव के कारण था। जब दो लोग साथ-साथ रहते हैं, तो अकसर वे एक-दूसरे पर निर्भर करने लगते हैं।

रात जब मैं लौटा तो वह सो चुकी थी। बाहर से ही ताला खोल लेने की दोनों के पास अपनी-अपनी चाबी रहती है। विभू से सामना होने की संभावना से मुझे घबराहट-सी हो रही थी और लगा था वास्तव में दोष मेरा ही है। अकसर घबराहट झल्लाहट में बदल जाती और लगता मैं धंसता चला जा रहा हूं।

बाहर धीमी-धीमी रोशनी उभर चुकी थी। पूरी रात मैंने विभू के साथ अपने संबंधों के बारे में सोचते व्यतीत कर डाली, थी। लम्बी रात जैसे उड़कर समाप्त हो गई थी। ऐसा मेरे साथ अकसर हो जाता है। छोटी-सी बात लेकर पूरी-पूरी रात उलझ जाना। दरवाजे पर आहट पा मैं अचकचा-सा गया था। विभा को सामने पा अनायास मैं बोल पड़ा था, "जाग गईं?"

और लगा था कल रात से अब तक औपचारिकता की एक

क्षीण-सी रेखा उभर आई है। एक बार तो मन हुआ था साथ ही कह दूं, अब और साथ चलना संभव नहीं।

सहसा विभू ने पूछा था, "रात बहुत देर तक जागते रहे हो? थके-से लग रहे हो।"

इससे पहले कि मैं कुछ कहता दोबारा बोल पड़ी थी, "तुम्छारे लिए चाय लाती हूं। थोड़ा और आराम कर लो तब तक।"

विभा की बात को महत्त्व देने की बजाय मैंने कहा था, "अब यहां मन नहीं लगता। नीचे मैदानों में जाने की सोचता हूं।"

"मैंने कब रोका है? तुम ही अकसर लोगों के भय से चल नहीं पाते।"

लोगों से उसका आशय हम दोनों के घरवालों से था। बात को यूं घुमा-फिराकर उसकी कटुता को कम बनाकर कहने की उसकी आदत से मैं पूरी तरह वाकिफ हो चुका हूं।

"मैं कुछ दिनों के लिए जाऊंगा। पीछे रह लोगी न तुम?" स्थायी रूप से चलने का तो कोई इरादा नहीं था मेरा।

"मैं साथ क्यों नहीं जा सकती?"

मुझे चुप रह जाना पड़ा था। वास्तव में मैं कुछ दिनों के लिए विभा से अलग रहना चाहता था। संभवत: कुछ महीनों के लिए। पूरी स्थिति पर मैं ठंडे मन से सोचना चाहता था। बंधे रहने की प्रतिबद्धता थी ही कहां हम लोगों में?

मजाक में ही सही, अकसर वह कह डालती थी, "तुम्हारा-हमारा रिश्ता ही क्या है? जब जी में आएगा जिसके साथ चाहूंगी चल दूंगी।"

दुसरे ही क्षण लगा था, यह स्वयं को धोखा देने की बात है। उसकी नीयत पर शक करने का प्रश्न ही कहां था? इस तरह से वह जतलाना चाहती थी कि उसने मेरा कितना विश्वास किया था।

2

पहाड़ों के सूर्योदय का रंग अलग ही होता है। सूर्य के चारों ओर का आकाश किरणों के झुंडों से घिरा हरा लाल दिखाई देता है। वहां धूप में गर्मी का नाम भी नहीं होता। पेड़ों के पीछे से दिखाई पड़ने वाली पीली धूप बीमार-सी जान पड़ती है।

विभू चाय बनाने चली गई थी। मैं फिर से अधलेटा हो गया था। तकिये पर पीठ टिकाए मैंने बाहर से आने वाली ध्वनि पकड़ने का प्रयत्न किया। कुछ सुनाई न पड़ रहा था। बाहर गहरी स्तब्धता व्याप्त थी। मैं सामने दूर देखने में लग गया था। मेरा इरादा शायद सामने खुल रहे दिन को महसूस कर ऊब के क्रम से बचने का था। रात की धुन पूर्ववत् ही गहराती-सी लगी। अनायास लगा था, दिन शुरू हुआ हैं, तो समाप्त भी हो ही जाएगा। यंत्रणा और कठिनाइयों के बावजूद दिन कभी नहीं रुकते, बल्कि हर बीते दिन के साथ यंत्रणा की अवधि में एक और दिन कम हो जाता है।

बाहर खिड़की में कोहरा पूरी तरह साफ हो गया था। रात शायद पानी भी पड़ा था। घाटी में पहली बर्फ भी गिर चुकी थी। पिछले साल की ही तरह यह दिसम्बर भी बहुत ठंडा-ठंडा लग रहा था। लगा था गलत सोच रहा हूं। पिछले बारह वर्ष से ही दिसम्बर हर बार बहुत ठंडा ठंडा रहा था। बारह वर्ष पहले विभू और मैं मैदानों की गर्मी और लोगों के ठंडेपन से भागकर इस घाटी में आए थे और फिर कभी लौट कर नहीं गए।

यहां पर आने के बाद पत्नी की परछाईं ने भी पीछा करना छोड़ दिया था। बच्ची की कभी याद आई भी, तो मात्र एक अव्यक्त उत्सुकता के कारण। तीन कमरों का यह मकान यहां आते ही मैंने खरीद लिया था। तीन कमरों में अन्दर-दी-अन्दर घूमा जा सकता है। शेष दो कमरों का अस्तित्व कभी-कभी बेमानी लगने लगता है। कहीं भी एक ही कमरे से काम चलाया जा सकता था; पर बात केवल मेरे तक सीमित नहीं थी। विभा को मकान और बाहर का दृश्य एकदम पसन्द आ गया था। बीच का कमरा खाली-सा ही रहता है। तीसरे कमरे को विभा ने अपनी रुचि के अनुसार सजा रखा था। एक-दूसरे के कमरे में हम बाकायदा अनुमति से ही जाते रहे थे। कभी बहुत अधिक उमड़ने पर रस्मों को तोड़ते भी रहे। इस समय बीच का दर-वाजा बंद पाकर तसल्ली सी महसूस हो रही थी।

सारा-सारा दिन सड़क पर कोई भी दिखाई नहीं पड़ता। साल-दर-साल उसी खामोशी की गंध छाई रहती। जाने क्यों लोग एक-दूसरे के व्यक्तिगत जीवन में हस्तक्षेप करते हैं। हस्त-क्षेप से बच निकलने के लिए ही हम लोगों ने यहां आना चुना था। शुरू-शुरू में जिन्दगी काफी चैन और राहत से कटी थी। यहां घाटी में कोई पूछनेवाला न था; पर माहौल बिगाड़ने के लिए तो आपस के दो भी काफी होते हैं।

चाय की ट्रे लेकर विभू लौटी तो मैं झटके से उठ

खड़ा हुआ था।

"क्यों सर्दी में उठ रहे हो? वहीं दिए देती हूं।"

मैं वहीं टिक गया था। सामने कुर्सी पर बैठ वह नजरें नीचे किए अपने कप से सिप करती रही थी। मेरा अनुमान था रात की पार्टी के बारे में वह कुछ पूछेगी; पर उसकी मुद्रा से लग रहा था, वह प्रसंग इस समय नहीं उठाएगी।

सहसा उसने कहा था, "कमियां तो इन सब में ही होती हैं।"

"जिसे इस बात का अहसास हो, उसे तो किसी बात का बुरा मानना ही नहीं चाहिए।" अपने पक्ष को मजबूत बनाते हुए मैंने तुरन्त कह डाला था।

"एक सीमा भी तो होती है।"

"सीमाएं हमने स्वीकार ही कब की थीं?"

"मेरा कोई मतभेद नहीं है। जो भी मूक समझौता हम लोगों में था या बाद के आश्वासनों की जो लम्बी सूची है, उसका लाभ मुझे भी उतना ही पहुंचता है, जितना तुम्हें। मेरी ओर से तुम स्वयं को किसी भी उत्तरदायित्व से मुक्त समझ सकते हो। यह मेरा पूरा सोचा-विचारा मंतव्य है।"

मैं एकदम चुप रह गया था। मेरा मैल उसने मेरे मुंह पर दे मारा था। थोड़ी देर पहले वह सभी में कमियां होने की बात कह रही थी। जब सबमें कुछ-न-कुछ खोट रहता है, तो दूसरे को ठेस पहुंचाने वाली बात कहना जरूरी थोड़े ही होता है। जिंदगी तो अच्छी चीज है, हम ही खामख्वाह पुरानी बातों को न भूल पाने के कारण उसमें कड़ुआहट भरते रहते हैं। इधर विभू बहुत तीखे प्रहार करने लगी है।

शुरू का जीवन भी कैसा अजीब था। उस जीवन की कोई भी बात मुझे पूरी बारीकी के साथ याद है! यही कारण है कि विभू की कही बातें मेरे लिए चिन्ता का विषय नहीं बनतीं। उन बारह वर्षों में उसे जानने और परखने का मुझे भरपूर अवसर मिला था। विधिवत् बंधन से मुक्त, जहां स्त्री और पुरुष साथ रहते हैं, कितना भी अनुरक्त होने का प्रयत्न क्यों न किया जाये स्वेच्छा की भावना हावी रहती ही है। उससे चाहकर भी बचा नहीं सकता। पति-पत्नी सम्बन्धों में एक प्रकार की विवशता का समावेश रहता है।

विभा किसी नये आयाम की खोज के चक्कर में थी। मैं कोई भी काम रों में ही कर डालने का आदी था। यह जीवन चुनने के पीछे संभवतः ऐसी प्रेरणा का भी हाथ था, जो जीवन-मूल्यों, संघर्ष और साहसिकता के नये आयाम का अन्वेषण करना चाहती है। एक प्रकार के अविश्वसनीय संबंध को बारह वर्ष के लम्बे समय तक खींच जाना भी तो आखिर स्वयं में एक मान्यता है।

संजोए गए जीवन में भी कम कठिनाइयां नहीं होतीं, इसका भी कुछ अनुमान मुझे है। पांच लम्बे वर्ष शुभदा को बर्दाश्त करने के बाद निर्णायक स्थिति स्वयं ही उपस्थित हो गई थी। बच्ची को लेकर अलग होने का प्रस्ताव उसी का था। बंधनपूर्ण उस जीवन के बाद तीन वर्ष का भटकाव और फिर विभू के साथ बारह बर्ष। जैसे कल की बात हो।

उन दिनों के स्मरण में कभी-कभी दिल दहल जाता है। दिन ये भी विशेष अच्छे नहीं हैं। पुरा-का-पूरा दिन भारी और ठण्डा बना रहता। शाम के समय भी ऐसा ही जान पड़ता जैसे दिन अभी शुरू हुआ है। पर उन दिनों और इन दिनों की दहशत में अन्तर हैं। उन दिनों की स्मृति में एक प्रकार की शंका का आभार मिला रहता, जबकि इन दिनों के भारीपन में ऊब का आभास अधिक होता है।

चलते-चलते आदमी थक भी तो जाता है। खिड़की की राह सर्द लहरें कमरे में दाखिल होतीं, तो फिर वहीं अटककर रह जातीं। चेहरे पर अजीब-सी चिपचिपाहट महसूस होने लगती है। हर कम होने वाले के साथ चेहरे की सिलवटें बढ़ती चली जाती हैं। बाहर जाने की इच्छा हुई थी; पर उस ठंड में निकलने की हिम्मत नहीं हो पा रही थी। लोग जाने कैसे लाल-पीले कपड़े पहन बाहर निकल पड़ते हैं।

अनायास ही विचार कौंध गया था, वसीयत लिख छोड़नी चाहिए। बारह वर्षों के लम्बे साथ के बावजूद विभू का मकान पर स्वत: अधिकार स्थापित न हो पाया था।

दोबारा बिस्तर में जा पड़ने की इच्छा हुई। इतनी-सी देर में बिस्तर सीलन से भर गया था। मेरा वाला कमरा चट्टान पर ढलान की ओर पड़ता है। रात भीषण रूप से बादल गरजते रहे थे और तेज पानी पड़ा था। गड़गड़ाहट के साथ नींद टूटी थी और लगा था चट्टान बैठ जाएगी। कमरे का ढलान की ओर होना एक पुल की कल्पना से जुड़ जाता, जिसके नीचे अबाध गति से बहता पानी मचल रहा होता। पुल के पानी में बह जाने और चट्टान के बैठ जाने की बातें सोच का स्थायी क्रम बन चुकी थीं।

रात दरारों की राह कमरे में आती रहती और बाहर फैला अंधेरा पहचाना हुआ जान पड़ता। हर रात का अंधेरा

अलग होता है। अंधेरे को देखकर ही अनुमान हो जाता कि कौन-से महीने की रातें चल रहीं हैं। सर्द कोहरा और धुंध आंखमिचौनी खेलते रहते। शुरू के सालों में विभू को इस आंख-मिचौनी में सम्मिलित होना अच्छा लगता था। तब हम अका-रण ही उठकर बाहर घूमने निकल लेते थे।

लैम्पपोस्ट से यहीं मरी रोशनी फटती रहती। किरणें व्यर्थ ही छिटककर दूर-दूर भागने के प्रयत्न में पोस्ट की सतह में धरा-शायी होती रहतीं। इधर न जाने क्यों विभू और स्वयं के धरा-शायी होने की भावना उफान मारने लगी है। आश्चर्य हुआ था, अब तक हार स्वीकार करने से क्यों हम दोनों ही कतराते रहे थे।

सिरे वाले कमरे का चुनाव करते समय पहला प्रभाव अच्छा पड़ा था। बाद में गलती का अहसास होने पर भी दूसरे कमरे में शिफ्ट होने की बात टालती रही थी। बीच के कमरे को तटस्थ क्षेत्र बनाना ही सबसे बड़ी चुभन थी। धीरे-धीरे इसी कमरे में पड़े रहने की आदत बन गई।

पूरी घाटी के घरों में से एक तीखी गंध उठती रहती है। गर्मी के महीनों में पहाड़ों पर जब धूप चमकती हैं, तो गंध दब-सी जाती। चमकीली धूप के इन दिनों के लौटने की प्रतीक्षा हमेशा बनी रहती है और सर्दी के इन दिनों में निरन्तर अहसास बना रहता कि बरसाती कीड़ों के कचूमर से फैलने वाली इस गंध से अब कभी छुटकारा नहीं होगा। गर्मी तापने के लिए अकसर वे कीड़े रात को बिस्तर में दुबक आते। विभा को कीड़ों से बहुत डर लगता। रात में कई बार वह उठकर अंधेरे में अनु-मान से ही बिस्तर झाड़ने लग जाती। सुबह उठने पर एक-आध कीड़ा बिस्तर पर मसला हुआ भी मिल जाता। उन कीड़ों के मरने से खून का एक भी कतरा बहते कभी दिखाई नहीं दिया था। बिस्तर पर फैले मैले कीचड़ को देखकर लगता, कीड़ों को

मारने से पीड़ा नहीं होती।

विभू ने एक बार कहा था, 'जब उन्हें पीड़ा नहीं होती तो वे मृत्युभय से मनुष्य की तरह ही क्यों घबराते हैं? कीड़े-मकोड़े भी सींकों वाले पांव हिला प्राण बचाने की वैसी ही हरकत करते हैं, जैसी कि मनुष्य। इतने निरर्थक जीवों में भी प्राणों का मोह घर किए रहता है।'

विभा के तर्क से तो लगा था आदमी भी निरर्थक जीवन- धारी ही है। सब कायर होते हैं। जीवनधारियों के प्रति वितृष्णा उत्पन्न होने के साथ ही लगा था, सूत्रधार बड़ा ही क्रूर और दूरदर्शी रहा होगा। पीड़ा के भय से हम सब एक लचीले तार से बंधे भ्रमित-से घूमते रहते हैं। वास्तव में किसी की किसी के लिए कोई सहानुभूति नहीं होती। अन्ततः सब स्वार्थ की भावना से ही संचालित होते हैं। दूसरों के लिए कुछ करने की भावना के पीछे असल भावना स्वयं को उस स्थिति में देखने का खतरा होता है।

ड्रेसिंग-टेबल के शीशे में हम दोनों की आकृतियां एक-दूसरे पर झुक आई थीं। शीशे में विभू का चेहरा मलिन और लम्बोतरा दिख रहा था। एक बीजाणु की तरह प्रस्फुटित होते जीवाणु में परिवर्तित हो धीरे-धीरे अन्दर-ही-अन्दर मछली की तरह फिसलने लगा था। संकरे तंग रास्तों को पार करता वह बाहर आता है। बाहर आते ही उसका आकार फैलकर एक प्रौढ़ आदमी में ढलकर दुःख-सुख, प्रेम-घृणा और सोचने-समझने के अस्त्रों से खेलने लगता है।

हड़बड़ाहट में नींद टूटी थी। सर्दी के दिनों में किसी भी

समय सोया जा सकता है। विशेषकर पहाड़ों पर तो दिन बहुत ही छोटी अवधि का होता है। बर्फ, कोहरा, पानी और उनकी मिलीजुली देन ठंड। थोड़ी देर के लिए कभी धूप निकल भी आती तो दबी-दबी-सी कब लौट जाती पता भी न चलता।

मेरा यह कमरा अपने में समूचा घर है। मेरी आवश्यकताओं का सारा सामान इसमें सिमटकर एक छोटी-सी दुनिया बन गया है। बड़ी-सी मेज, जिस पर मेरे मतलब के कागजात, लिखने का सामान और ढेर सारी किताबें। बगल में लम्बी अलमारी है, जिसमें, भरी बहुत सारी किताबों के शीर्षक भी मैं भूल चुका हूं। मेज के साथ ही एक ओर बाहर से आने वालों के लिए दो अरामकुर्सियां रखी हैं। मेज के सामने वाली दीवार के साथ मेरा पलंग है जिसके सिरहाने लकड़ी का एक पुराना बड़ा-सा बार्डरोब हैं, जिसमें सब मौसमों में काम आने वाले मेरे कपड़े, सूट, ओवरकोट और दूसरी चीजें अस्त-व्यस्त ढंग से पड़ी रहती हैं।

बीच वाले कमरे का अस्तित्व हमेशा बदलता रहा है। शुरू के सालों में बीच के कमरे से हमने बैठक का काम लिया था। बाद में वह मात्र स्टोर रह गया था जहां रम की खाली बोतलें, टीन के डिब्बे, रद्दी अखबार, बेकार जूते, टूटी-फूटी केतली और चाय के ग्रीन लेबल डिब्बे भर दिए गए थे। एक बार तो विभू को सुरुचि से ड्राइंगरूम संवारने की खब्त सवार हुई थी। तब इस कमरे को बहुत अच्छी तरह सजाया गया था।

विभू का कमरा इस प्रकार का सबसे खूबसूरत कमरा कहा जा सकता है। मैं लापरवाही में बुझा हुआ सिगरेट या

कोई छिलका फेंक दूं, तो उसकी भृकुटि चढ़ जाती। सुबह उठते ही पहला काम वह बिस्तरे को समेटने का करेगी। जो चीज जहां की है, वहां पहुंचाकर ही उसे चैन पड़ता है।

मेरा बिस्तर सुबह से शाम तक एक ही तरह अस्त-व्यस्त पड़ा रहता और विभू के बार-बार प्रयत्न करने पर भी मेरी आदतों में कोई सुधार नहीं हुआ। उसके ड्रेसिंग टेबल पर शीशियां करीने से जी रहतीं और बार्डरोब में रखे कपड़ों में से खुशबू उठती रहती।

दोपहर झो गई थी। विभू की आवाज़ ने एक बार फिर मुझे चौंका दिया था, "खाना खाओगे?"

लगा था मैं एक अजनबी हूं जो बार-बार एक पड़ाव पर जाकर लौट आता रहा है। जगह कितनी परायी और अजनबी क्यों न हो, एक बार सुख-सुविधाओं के बीच अटक जाने पर छूटना बड़ा कठिन होता है।

मेरी चुप्पी को हां समझ विभा लौटकर खाने की तैयारी में लग गई होगी; पर मन हो रहा था, उठकर बाहर चल दूं। अपनी असली जगह तो होटल ही थी। कभी भी बिना इरादा उठकर हम बाहर चल देने के आदी थे। घर पर पकाने का इरादा बदल अकसर हम होटल चले जाया करते। शुरू से ही हम लोग बन्धनविहीन रहे थे। बन्धनरहित होते हुए भी कुछ होता है, जो अन्दर-ही-अन्दर जुड़ा रहता है।

सांझ उतर आई थी। समय के साथ आदमी भी बदल जाता है। पूरा दिन छुट्टी के एक बोझिल दिन के रूप में व्यतीत हो गया था। बारह वर्ष पहले इतना उद्वेलित शायद मैं आसानी से नहीं हुआ करता था। तब हम संशयमुक्त हुआ करते थे। कभी तो लगता हैं, बारह वर्ष का समय कितना कम होता है। भूमिका बांधने और आश्वसन-प्रति-अश्विासन से मुक्त समय।

स्टूल पर बैठी विभू ड्रेसिंग-टेबल के शीशे में जैसे स्वयं को

पूरी तरह से उतार देना चाहती थी। पीछे से जाकर बांहो में भरते हुए मैंने उसे सीधा कर दिया था। वह कितना पास थी! उन दिनों पहाड़ भी इतने ठंडे नहीं हुआ करते थे।

बनावटी गुस्से में विभू ने टोका था, "तुम हमारे कमरे में किसकी इजाजत से दाखिल हुए?"

दरवाजे की ओर मुड़ दहलीज पर खड़े होते हुए याचना के स्वर में मैंने कहा था, "मेम साहब की इज़ाजत हो तो मैं अन्दर आ जाऊं।"

आज अपनी वह हरकत कितनी भोंडी जान पड़ती है। वर्षों पुरानी वह बात आत्मग्लानि की छोटी-छोटी; पर खत्म न होने वाली घटनाओं की लम्बी श्रृंखला में बार-बार आकर समाने खड़ी हो हिला जाती है और विभू अब जो मात्र औपचारिकता-दश सिलसिलेवार दिनचर्या को चलाने में उत्सुक लगती है, उस समय कैसे मेरे गले में बाजू डाल झूल गई थी! सम्भवतः उन दिनों को वह पूरी तरह भूल चुकी है।

एक साथ जब कई प्रश्न उठकर सामने आ खड़े होते हैं, तो किसी एक का भी उत्तर न खोज पाने की असमर्थता में आदमी नये सिरे से सोचना शुरू कर देता है। एक बिन्दु के आसपास घूमते यह किसी भी तह पर नहीं पहुंच पाता।

विभू के आने के बहुत पहले से ही दाम्पत्य जीवन चौपट हो चुका था। ऐसा संकट मैं समझता हूं, अधिकांश लोगों के जीवन में घटित होता है, जब उन्हें चुनाव की यातनादायी स्थिति से गुजरना पड़ता है। किसी स्त्री के साथ जब आदमी जीवन के पांच वर्ष बिता चुका हो, तो उसे छोड़ने की बात आसानी से

नहीं सोची जा सकती। शुभदा को छोड़ने की बात भी मेरे लिए उतनी ही दुविधा-भरी हो उठी थी, जितनी इस समय विभू को।

बिना किसी अड़चन के एक सीधी रेखा पर पांच बिन्दु अंकित कर चुकने के बावजूद हमारे दाम्पत्य जीवन में एक अवरोध-सा विस्फोट की तरह फूट पड़ा था। सबसे पहली बात जो शुभदा ने भांप ली थी, वह मेरा उसके प्रति शिथिल पड़ना था।

किनारे से चलते समय सब कुछ जो यथाक्रम और सामान्य लगता है, अचानक थोड़ी दूर पहुंच गमगा जाता है। शुभदा के साथ जीवन शुरू करते समय की सही रुचि की अनभिज्ञता अहसास दिलाती रहती है कि आदमी कभी भी भूल कर सकता है। बाहरी चकाचौंध के प्रभाव में लगा था, एक सही शुरुआत की नींव पड़ रही है।

ऊपरी तौर पर शुभदा में वे सारी बातें थीं, जिनकी उन दिनों मुझे तलाश थी। वर्तमान अब अपना अर्थ खोने लगता है और सामने का दृश्य बर्दाश्त न हो पा रहा हो, तो स्वयं को आधे वास्तविक और आधे काल्पनिक विगत के हवाले किया जा सकता है। मेरे जैसे आदमी के लिए वैसे भी घटनाओं का कोई क्रम नहीं होता।

अकसर होता यह है कि आदमी कितना भी उदार क्यों न हो, स्त्री की स्वच्छंदता बर्दाश्त नहीं कर पाता। कुछ समय के लिए छूट देता भी है, तो संशय से मन-ही-मन भरा रहकर। यहां बात उलटी ही थी। अपनी ओर से शुभदा पर मैंने कभी कोई बात नहीं लादी और असुविधा सहकर भी उसकी व्यक्तिगत बातों में दखल नहीं दिया। मैं कहां था, क्या कर रहा था इसकी उसे उस समय भी चिन्ता बनी रहती, जब वह स्वेच्छा से किसी अलग कार्यक्रम में लगी होती। फुर्सत होने पर वह चाहती

कि मैं उसके साथ बंधा रहूं और मेरे सामने उसको छोड़ अन्य कोई विकल्प न रहने पर भी अपनी इच्छानुसार वह कहीं भी चल देती।

हमारे विवाहित जीवन का वह पहला ही वर्ष था। बच्ची उसके पेट में आ चुकी थी। इतने शीघ्र वह शायद तैयार न थी। जो कुछ हुआ था सम्भवतः हम लोगों की अनुभवहीनता के कारण हुआ था। पहली प्रतिक्रिया मेरी भी घबराहट की थी। कई दिन तक तनाव भरा रहा था, फिर यथास्थिति को स्वीकार करते हुए मैं तटस्थ हो गया था।

अकसर जब शुभदा बौखलाहट में मुझे दोष देती या शीघ्र ही कुछ करने को कहती, तो मैं मुसकरा देता। मेरे मुसकराने पर उसकी झल्लाहट और भी बढ़ जाती।

खीझते हुए कहती, "शर्म नहीं अती तुम्हें। मुझे फंसाकर तमाशा देख रहे हो!"

फिर उसकी झल्लाहट दहशत में बदल गई थी और उसने डाक्टर के पास चलने को कहा था। हमारी पूरी बात जानकर डाक्टर को आश्चर्य हुआ था। विमुक्ति की हानियां और हमारे नवविवाहित होने के कारण बच्चे की आवश्यकता पर उसने लम्बा भाषण दे डाला था।

मैं सहमति में सिर हिलाए चला जा रहा था; पर शुभदा का पारा चढ़ता जान पड़ा था। उसने अधीर होते हुए पूछा था, "मैं ऐसी कितनी ही स्त्रियों को जानती हूं, जो आए दिन सफाई करवाती हैं।"

"पर आप यह तो नहीं जानतीं कि उनमें से अधिकांश लौट-कर हमारे पास आती हैं। उसमें आगे बहुत झंझट पैदा होते हैं।" डाक्टर ने विजयी मुसकान के साथ कहा था।

बाहर निकलते हुए मैंने कहा था, "जो हो गया सो ठीक है।"

"तुम्हें ठीक लगता है न! मैं इतनी जल्दी नहीं फंस सकती। अगर बच्चा पैदा करते हुए मैं मर गई, तो तुम्हारा क्या बिगड़ेगा? तुम तो चाहते ही यही हो। जान तो मेरी जाएगी।"

"एक तुम ही ऐसी औरत हो न, वो मर जाएगी।"

"मैं औरत हो गई हूं, इतने-से के कारण। मुझे इस डाक्टर की एक भी बात ठीक नहीं जान पड़ती। देख रहे थे, कैसे फूहड़ों की तरह हंस-हंसकर बातें कर रही थी। किसी दूसरे डाक्टर के पास चलो।"

"मुझे अब किसी डाक्टर के पास नहीं जाना।" मैंने दृढ़ता से कहा था।

"ठीक है। तुम क्या समझते हो मैं तुम पर ही निर्भर हूं? मैं···मैं तुम्हारे बगैर कहीं जा ही नहीं सकती भला?"

सहसा मैं चुप रह गया था। मेरे बगैर या मेरे साथ··· उसके निर्णय से मुझे कोई विशेष अन्तर नहीं पड़ने वाला था, फिर भी वह पूरा दिन अजीब उथल-पुथल में बीता था। मेरी भूख एकदम मर गई थी और मैं चुपके से धूप में जाकर लेट गया था।

शुभदा अपने काम में लग गई थी। मैंने सोचा था, अलग होते ही बम्बई चला जाऊंगा। स्थायी रूप से वहीं रहने लगूंगा। वहां ढंग के लोगों की हमेशा मांग रहती है। उन पांच वर्षों में मेरे अन्दर यही बात घर कर गई थी कि स्वतन्त्र होने पर मैं अपनी योजनाओं को नये सिरे से शुरू कर पाऊंगा।

धूप समाप्त होने पर ठंड लगती रही थी और मैं सिर पर हाथ रखे पड़ रहा था। उठने की सोचने पर भी शिथिलता हावी हो उठती और तोड़-फोड़ की बातें मस्तिष्क में चक्कर काटती रही थीं।

सुबह से ही मौसम अजीब-सा हो रहा था। धुंध की वजह से समय का सही अनुमान न हो पाने के कारण भी सब कुछ अटपटा हो उठा था। बीच-बीच में सूर्य बादलों को धोखा देता भी, तो धूप इतनी फीकी और पीली-सी निकलती कि घुटन ही होती। सारा-सारा दिन यूं ही पड़े-पड़े बीत जाता और थोड़ी देर के लिए किसी के यहां जाने का मन होता है।

मेरी सहमति की आवश्यकता महसूस किए बगैर शुभदा दूसरे डाक्टर के पास चली गई थी और मनमानी कर ली थी। जैसे कुछ हुआ ही न हो। मैं एकदम चुप रह गया था। अपनी इच्छा उस पर लादना एक प्रकार से व्यर्थं जान पड़ता। मैंने बेहद अपमानित महसूस किया था। पहले डॉक्टर की राय की अवहेलना और मेरे पूछे बगैर चलने के शुभदा के आचरण ने मुझे आघात-सा दिया था। संयम के बावजूद मैं असहाय-सा हो उठा था। मेरे आहत होने का शुभदा को कोई आभास नहीं हुआ। इसलिए नहीं कि मैंने अपनी भावना उस पर प्रकट नहीं होने दी, वह इतनी लापरवाह प्रकृति की थी कि गम्भीर बातें कम ही समझ पाती। अपनी सफ़लता के गर्व में वह और भी उन्मुक्त हो उठी थी और परिणाम यह हुआ कि तीन महीने के अन्दर ही वह दोबारा अपनी कैद में स्वयं ही फंस गई।

जिस समय हम अलग हुए बच्ची तीन वर्ष की थीं। बच्ची को लेकर बहुत बड़ी विवाद उठ खड़ा हुआ था। शुभदा बच्ची का उत्तरदायित्व लेने को तैयार न थी। संभवतः बच्ची उसकी भावी योजनाओं के लिए रुकावट का काम करती। लगभग उन्हीं कारणों से मैं भी बचना चाहता था।

मैंने कहा था, "तुम कैसी मां हो?"

"बच्चे बनाने की रट तुम्हें थी, मुझे नहीं।"

"बच्ची के प्रति अपने उत्तरदायित्व से मैं भागता नहीं हूं; पर अभी उसे तुम्हारी आवश्यकता है। कुछ बड़ा हो जाने दो,

तब मैं ले जाऊंगा।"

"तुम चाहते हो मैं इससे बंध अपना भविष्य नष्ट कर लूं?"

"इसे भी तो भविष्य की आवश्यकता हैं?"

"इसके भविष्य से मुझे कोई मतलब नहीं।"

अपनी समस्याओं को अपने तक ही सीमित रखने का हामी होने के बावजूद हमें कानून की मदद लेनी पड़ी थी और बच्चों का संरक्षण शुभदा को लेना पड़ा था। मैं बम्बई चला गया था। उन वर्षों के भटकाव की भी अलग कहानी है।

3

ऐसी शाम इस घाटी में रोज उतरती है। घाटी में अंधकार उतर चुका होता; पर पहाड़ों पर सूर्य की सुनहरी किरणें जाते-जाते भी उजाला किए रहती हैं। इन अंतिम किरणों की झुर-मुट बारह वर्ष के बावजूद मेरे लिए विस्मय ही बनी रही थी। किरणों के सुरमई पागलपन से उद्वेलित होकर ही शायद लोग इस घाटी में टिक नहीं पाते। समय और धुंध जंग की तरह हर किसी को खाने के लिए शनैः-शनैः बढ़ते रहते हैं। धुंध की गहरी पर्तों के मध्य छोटी-छोटी भूलें याद आती रहतीं और आश्चर्य होता कैसे यथास्थिति से निर्विकार रूप से हम समझौता करते चले जाते हैं। संभवतः हम लाचार होते हैं।

अपनी और विभू की स्थिति मुझे उन अपराधियों की तरह जान पड़ती, जिन पर बेबुनियाद अभियोग आरोपित कर आ-जीवन कारावास का दंड सुना दिया गया हो। ऊपरी तौर पर सब कुछ सीधा और सपाट चल रहा था। इस घाटी के खाली-पन में ऊपर-नीचे जाना-आना ही शेष जीवन रह गया था।

शुरू-शुरू में लग रहा था, जैसे बहुत अच्छी जगह पहुंच गए थे। आसपास ऊंची-नीची पहाड़ियों और गड्ढेनुमा घाटियों ने विभू को तो बहुत ही आकर्षित किया था। शुभदा या विभू का

इसमें कोई दोष नहीं था। दोनों के सम्पर्क में आने से पहले ही कुछ ऐसा व्याप्त हो गया था कि शेष जीवन की निस्सारता को महसूस किया जा सकता था।

इस घाटी में आने के बहुत पहले से ही सब कुछ बुझा-बुझा जान पड़ने लगा था। लड़ने का कोई अर्थ ही न महसूस होता। कुछ लोग शुरू ही में बाजी हार लेते हैं। कुछ लोग लड़ने और उठने का नाटक करते रह जाते हैं। उनका प्रयत्न कितना बेमानी होता है। घाटी में आने के बाद तो विभू भी उसी ठंडेपन का शिकार हो गई थी। उसे भी मैंने अपनी ही तरह इच्छाओं को तुच्छ करार देने के निर्णय से लड़ते पाया है। स्थिति को सुधारने का जुनून जो अकसर उस पर आ सवार होता था। अब उसे हमेशा के लिए कुचल डालने की लड़ाई विभू के अन्दर भी प्रारम्भ हो गई थी। कमजोर न पड़ने के निर्णय और प्रयत्न में भी हम अन्दर-ही-अन्दर भुरभुरा जाते हैं और पता नहीं पड़ता।

विभू के बारे में कुछ भी कहना कितना कठिन है! अपने-आप में मिट जाने में वह पूरी तरह से समर्थ है। दूरी बनाए रखने की उसकी आदत के कारण भी मुझे उस पर गुस्सा आता। बहुत कुछ छिपा जाने के कारण ही सम्भवतः बहुत-सी स्थितियां उत्पन्न होने से बच गई थीं। बौखलाहट होने पर एकमात्र चुप्पी साध लेना मैंने। विभू से ही सीखा था।

आदमी का अवरोध कितना नकली होता है! सारे उपचार और सावधानी के बावजूद परिवर्तन टेढ़ी-मेढ़ी रेखाओं के रूप में हमारे चेहरे पर अंकित हो जाता है। स्वयं में हो रहे परिवर्तन के प्रथम साक्षी होने के बावजूद हम उसे झुठलाते रहते हैं और ऐसे बने रहते हैं, जैसे कुछ भी न बदला हो। एक तरह की सफाई से हम स्वयं को धोखा देते रहते हैं।

विभू की देह इन बारह वर्षों में शनैः-शनै सिकुड़ती रही है।

उसके कंधे कैसे झुके-झुके जान पड़ते हैं! अकसर तो मुझे यह भ्रम होता रहा है, जैसे उसका कद भी पहले की अपेक्षा छोटा हो गया है।

धीरे-धीरे सब विनष्ट होता चला जाता है। ढलते हुए सूर्य के दृश्यचित्र और यहां का आकाश भी आदमी को भ्रमित ही करते हैं। यहां ही क्या, कहीं भी क्यों न हो, एक बार आदमी जब डगमगा जाता है, तो स्थिरता पाना कठिन हो जाता है। सच्ची बात तो यह है कि हमने स्थिरता की कभी परवाह भी नहीं की थी। धीरे-धीरे कुछ बुझ जाता है और फिर इच्छा भी नहीं रहती।

यहां केवल कड़ाके की ठंड ही पड़ती है। कड़ाके की गर्मी उन महीनों में भी नहीं होती जब नीचे मैदानों में लू चलती है और सड़कें तपती हैं। चारों ओर फैली लाल और मटमैले रंग की चट्टानें आदमी को चाटने लगती हैं।

घाटी के वीराने में बसी एक छोटी-सी छावनी भी है, जिसे लोग कैम्प कहकर बुलाते हैं। कैम्प को जाती छोटी लाइन की गाड़ी में बैठना विभू को बहुत अच्छा लगता है। कैम्प के कुछ फौजी अफसरों से हमारी जान-पहचान भी हो गई थी। अस्थायी रूप से घाटी में आने वाले लोगों का साथ, विभू को, यहां रहने वाले लोगों की अपेक्षा अच्छा लगता। उनके साथ उन्मुक्त ठहाकों की गूंज में वह स्वयं को पूरी तरह डुबो देती। ऐसे लोगों को यदा-कदा हम अपने यहां दावत पर बुलाते रहते और विभू का मन बहल जाता। घाटी के लोगों से भी हमें कोई खास शिकायत नहीं थी। जो लोग हमारी अवहेलना करते हैं, संभवतः समान्य परिस्थितियों में भी हम उन्हें ग्राह्य न होते।

छोटी-छोटी पटरियां टेढ़ी-मेढ़ी ऊपर-नीचे होती सहसा विलुप्त हो जाती और अगले मोड़ पर फिर स्पष्ट दिखाई पड़ने

लगती। इन घाटियों में से गुजरने वाले गंदले लाल रंग के डिब्बे काले पहियों के ऊपर लुढ़कते बेहद खूबसूरत जान पड़ते हैं। अच्छे भविष्य के निर्माण के लिए घाटी के लोग अकसर काम की तलाश में बाहर चले जाते हैं।

कुछ लोग हमेशा भविष्य बनाने में लगे रहते हैं। कुछ लोग ऐसे भी होते हैं, जो जानते हैं कि भविष्य बिगड़ रहा है; पर उसे सुधारने का प्रयत्न नहीं कर पाते। अपनों और जानने वालों से दूर होने का विकल्प लेकर हम लोगों ने यहां अना चुना था, पर भागकर भी आदमी भाग नहीं पाता। कोई-न-कोई परि-स्थिति पीछे लगी ही रहती है और फिर उसमें से अपनों की पर-छाइयां निकल हमारा पीछा करने लगती हैं। यातायात के सुदृढ़ साधनों से अलग यह प्रदेश अन्दर-ही-अन्दर दूर तक फैला हुआ है। पहाड़ियों की एक श्रृंखला के समाप्त होते ही दूसरी प्रारम्भ हो जाती है और इस प्रकार कभी न समाप्त होने वाला रेला कहां जाकर विलीन होता होगा?

दिन में बस एक ही ट्रेन आती है और कैम्प को जाकर समाप्त हो जाती है। शाम को वही गाड़ी लौट जाती है। कुछ एक बसें भी चलती हैं। इस इलाके में जहां भीड़भीड़ कम हैं, मीटर गेज के छोटे-छोटे डिब्बे खाली-से ही आते-जाते हैं।

आहट पाकर मैं सीधी होकर बैठ गया था। सामने विभू खड़ी थी। विभू को सामने पाते ही मेरे अन्दर कोई उठकर खड़ा हो जाता है। अपने अन्दर उठ खड़ा होने वाला यह प्राणी कभी-कभी मुझे बहुत भयंकर जान पड़ता है और मैं सहमकर रह जाता हूं। विभू को सामने पाते ही मेरे अन्दर का यह क्रूर अज-नबी मुसकराने लगता है और एक बेकाबू कर देने वाली सर-सराहट होने लगती है। अकसर विभू मुझे एक अपरिचित नई लड़की की तरह जान पड़ी है, जो मेरे अन्दर के क्रूर अजनबी द्वारा बार-बार ठगी जाती रही है। कई बार तो उसका रूप

बिलकुल नयी भंगिमा की तरह जान पड़ता रहा है, ऐसा रूप कभी न तो मैंने देखा है और न ही महसूस किया हैं। ऐसे में हर बार मेरे अन्दर के उस क्रूर अजनबी ने विभू के साथ नये सिरे से बलात्कार किया है।

मुआयना-सा करते हुए विभू ने पूछा था, "यहां अंधेरे में बैठे क्या सोच रहे हो?"

"तुम्हारी राह ही देख रहा था।"

पूरा दिन वह बाहर रही थी। कैम्प गई होगी। कैंटीन से खरीदी चीजों से भरा उसका बैग जमीन पर रखा था। उसे देखने की जिज्ञासा को मैंने दबा डाला था। हलके मेकअप में जो दिन-भर की धूल से मद्धिम-सा पड़ गया था, विभू कुछ अलग-सी ही लगी थी। मेरे अन्दर की वह अजनबी तनकर खड़ा हो गया था मात्र इतने-से को देखकर ही। उसकी इच्छा हो रही थी सामने से जाकर विभू के चेहरे को हथेलियों में भरकर गौर से देख तय करे कि वह पहले से वास्तव में ही अधिक खूबसूरत हो उठी है। अपने अन्दर के उस अजनबी की क्रूरता को रोकने के प्रयास में मैंने सुबह उठते समय के विभा के चेहरे को याद करने की कोशिश की थी। लगा था सुबह वो वह पीली-पीली और भद्दी जान पड़ी थी मात्र मेरा भ्रम था।

कपड़े बदल वह पलंग पर जा लेटी थी। चलकर आने के बाद अकसर वह थोड़ी देर के लिए आराम करती है। मुझे लगा था, विभू के कमरे में मेरा काम समाप्त हो गया है और मुझे मुड़ लेना चाहिए; पर मेरे अन्दर के उस अजनबी ने मेरे पांवों को जकड़ लिया था। पीछे से आकर वह पलंग पर बैठ गया था, फिर उसने धीरे से हाथ विभू के गाल पर रख दिया था। विभू ने विरोध नहीं किया। मेरे अन्दर का तनाव क्षणांश में गल गया था और संशयरहित होते हुए मैं आगे बढ़ गया था। विभू ने फिर भी विरोध नहीं किया था। हर वार को विभू ने अपनी

बाहों में समेट लिया है। मेरे अन्दर के उस अजनबी के चेहरे को झलकने वाले लक्षण पढ़ने में विभू लगता है निपुण हो गई है। वह भी मन्द-मन्द मुसकराती रही थी।

जहां तक मेरा स्वयं का प्रश्न है मैं बेहद सहज किस्म का आदमी हूं। तमाम असमानताओं और क्रूरताओं का उद्गम मेरे अन्दर पलने वाले उस क्रूर अजनबी में हैं। जहां तक मेरा सम्बध है एक जड़ और सामान्य जीवन मैं लम्बे अरसे के लिए घसीट सकता था। शायद शुभदा के साथ ही मैं एक लम्बा, कभी न समाप्त होने वाला सम्बन्ध बनाये रख सकता था। इन बारह वर्षों के अन्तराल के बाद जब कभी शुभदा के बारे में सोचता हूं, तो लगता है, जैसे कभी कोई सम्बन्ध जुड़ा ही न था।

इतनी लम्बी अवधि आदमी को निर्विकार रूप से सोचने का अवसर प्रदान कर देती है। सम्भवतः उन पांच वर्षों के जीवन का कोई अर्थ शेष नहीं रह गया। न मेरे लिए न शुभदा के लिए। कभी सामना होने पर नितान्त अजनबियों की तरह बिना एक क्षण रुके हम अपनी-अपनी राह चल दें या शायद एक क्षण अपलक एक-दूसरे को देखते ठिठक जाएं और फिर दूसरे ही क्षण उतावलेपन में आंखें चुराने का प्रयत्न करें और घृणा से होंठ सिकोड़ते हुए मंह मोड़ लें। यह सब स्थितियां हैं। समूचा जीवन स्थितियों से बनता है। कोई एक स्थिति इतनी महत्त्वहीन भी हो सकती है कि हम उसे तुरन्त भुला डालें। कोई-कोई स्थिति ऐसी भी होती है, जो हमारे समूचे जीवन का रुख बदल डालती है। स्थितियों से बचने के भरसक प्रयास में भी हम बच नहीं सकते और फिर अन्य किसी स्थिति के निर्माण में सफल रहने के

बावजूद असहाय होकर रह जाएं, ऐसा भी हो सकता हैं।

उतना सोचने की पहले कभी जरूरत ही महसूस नहीं हुई थी। ऐसे मोड़ चले आते हैं कि सोचने-समझने का महत्त्व ही नहीं रह जाता।

बाहर एक और सांझ उतर आई है। धूप निकल कर भी छू नहीं पाती। नजर उठते ही दृश्य बुझा-सा हो उठता है। उस पार का अंधेरा प्रतीक्षा में खड़ा-का-खड़ा रह जाता है।

"टिंकू, जाओ माफी मांगो।"

"नहीं दीदी! मैं नहीं मांगूगा।"

एक ढीठ बना लड़का शुभदा की साड़ी के पीछे धंसता चला जाता है। पांच वर्ष का लड़का। जहर, नफरत और घमण्ड। अधिकार का अतिक्रमण।

"दीदी! तुम अपने अलग के मकान में कब जाओगी?"

थोड़ी देर के लिए फिजूल का गुस्सा। शुभदी पर बेमानी गुस्सा, "क्यों पड़ी हो यहां तुम? जहरीले सांपों द्वारा मेरा अपमान क्या तुम्हारा नहीं है? कैसे बरदाश्त होता है तुम्हें?"

"बिना बात बिगड़ उठते हो। बच्चे की भी बात का बुरा मानते हैं कहीं! डैडी ने कभी कहा है कुछ? उनके सौ बार कहने पर ही तो मैं यहां रहने पर तैयार हुई थी।"

बच्चे की बात। पांच वर्ष के छोटे भोले मासूम बच्चे की बात। पराजीवी। दीदी की तनख्वाह, हमारा मकान।

"डैडी! आप चोपड़ा साहब की एक कोठी क्यों नहीं बनवा देते हैं? मैं बड़ा होकर एक ही घर में उनके साथ नहीं रहूंगा। शादी के बाद भी दीदी इसी घर में रहती हैं। अजीब बात है!" .

"तुम्हें शर्म आनी चाहिए। यही इज्जत है तुम्हारे मन में मेरे खानदान की? टिंकू जहरीला सांप, डैडी कोबरा। बोलते क्यों नहीं! मैं तुम्हें शुरू से समझती हूं। तुम्हें अपने सोफिस्टीकेटड होने का गुरूर है। मैंने भी कभी किसी के सामने घुटने नहीं

टेके। एवरी वन हैज हिज ओन सेल्फ-रिस्पेक्ट।"

चढ़ता हुआ दिन। फिर भी आकाश स्याही से पुता-पुता। स्याह अंधेरा इस घाटी में आने से पहले ही पीछे लग गया था। आज की शाम...अगली शाम और उसके बाद की शाम भी अंधेरे के पैरों को छूती भारीपन से जलती रहती है।

कोठी के उस कमरे, अपने कपड़ों, डाइनिंग हाल और शुभदा से भी अजनबीपन की तीखी गंध...और भाग उठने का अहसास। एक भीड़, जिसमें अन्य लोग थे। इस दायरे के बाहर के लोग। अनचाहे एकत्रित होने के बाद खुद-ब-खुद छितरा गई। भीड़ की चिन्ता शुरू से ही नहीं रही थी।

अन्दर-ही-अन्दर कुछ बुझते चले जाने का अहसास असाध्य हो उठा था और तभी खतरा महसूस हुआ था। खतरे के महसूस हो जाने के बाद भी एक बर्फीली, कुछ भी न कर पाने की छटपटाहट, विघटित होते को मूक देखते रह जाने की विवशता। भीड़, जितनी जब चाहें इकट्ठी की जा सकती है। भीड़ के खयाल मात्र से वितृष्णा की परतें गहरी होने लगती। धीरे-धीरे लोग कतराने लगे थे और फिर स्वयं से भी कतराने की स्थिति नियंत्रण से बाहर होती चली गई। इस घाटी में आने के बाद शुरू में तो सभी समस्याएं हल-सा पा गई थीं।

शुरू में मैं अनुमान ही नहीं लगा पाया था कि शुभदा समझदार है या मूर्ख। जीवन के प्रति उसके दृष्टिकोण की पहले से जानकारी होना कितना आवश्यक था, मैंने पानी सिर से निकल जाने के बाद जाना था।

जहां तक शैक्षणिक योग्यताओं का प्रश्न था, उसके पास भी वही डिग्री थी, जो मेरे पास थी। पढ़ी-लिखी लड़कियां अपने-आप को कितना पहचानती हैं! अनुमान करना वैसे भी कठिन होता है। मेरे जैसे आदमी के लिए उनके बारे में पूरी तरह से आश्वस्त होना, उनमें ऐसे गुणों का होना मान ही लेना जो पूरी

तरह से नदारद होते हैं, एक प्रकार की मजबूरी होती है। ऐसा नहीं कि बड़ी-बड़ी बातों की उनके पास कमी होती हो। 'फेसना' और 'ईन्ज वीकली' से उठाए गए मुहावरों को उछालने में खर्च, ही क्या होता है? अधिकांश प्रकाशनों के रिव्यू पढ़कर शुभदा आसानी से उन पर बहस कर लेती। हर बात पर निजी जानकारी होने का दावा करना भी एक गुण होता है।

उन तमाम यातनाओं का ढोना मेरे लिए बहुत ही कठिन काम था। एक ऐसे व्यक्ति के अन्दर में उमंगें भर दी गई थीं जिक्के लिए संभावनाओं की कोई गुंजाइश न रखी गई थी। कुछ अधूरी महत्त्वाकांक्षाएं, जिन्हें ढोने का कोई आधार न था। छिन्न-भिन्न क्रमरहित कहीं कोई ऐसा सूत्र न था, जिससे आगे का रास्ता साफ होता हो। आदर से खाली कोई आदमी जब बाहर भी ऐसे लोगों से घिर जाता है, जिन्हें कुछ भी समझना कठिन हो, तो बहुत मुश्किल पड़ती है। मैं अच्छी तरह समझ चुका था कि शुभदा से मुक्ति प्राप्त किए बगैर कोई चारा नहीं था। कब? कैसे? इस बात को मेरे लिए कोई महत्त्व नहीं था।

वह मेरे सामने बैठी होती और मैं विनाशकारी कल्पनाओं में खोया छुटकारे की सम्भावनाओं पर गौर करता रहता। कमरे में एक सिरे से दूसरे तक का चक्कर लगाते न जाने कितनी-कितनी देर घुटता चला जाता। बात-बेबात।

भूलना अच्छी आदत होती है; पर कुछ याद रखने के लिए भी होना चाहिए।

बाहर अन्धकार उतर आया था। इमेशा की तरह मैं स्वयं को कमरे में अकेला पाता हूं।

विभू सामने से चुपचाप निकल जाती है। अन्दर क्यों नहीं आ गई? एक प्रश्न टकराकर लौट जाता है। कभी भी आंखें दुखने लगती हैं। सर के आधे बाल सफेद हो गए हैं। सर में उन बालों को टटोलते मां का चेहरा सिकुड़ जाता।

"इतने सफेद बाल तो मेरे सिर में भी नहीं हैं। तुझे हुआ क्या है रे! कुछ नहीं बताएगा? मैं जानती हूं तुझे। क्या सोचता रहता है? बाहर रह-रह तेरी सारी आदतें बदल गई हैं। इतना चुप मेरे बच्चों में से कोई भी नहीं है। तेरे बेटे को होस्टल नहीं जाने दूंगी। ताई के यहां गया है कभी···बलवंत बहुत नाराज है···माल रोड पर कोठी बना ली है उसने···सारा शहर 'चोपड़ा साहब···चोपड़ा साहब' करता है। जिला कांग्रेस का मंत्री बन गया है। किसी दिन हो आना। मैं भी चलूंगी।"

प्रश्न जुबान पर आते रुक जाता है, "तू भाई के पास क्यों नहीं रहने लगती, मां! वहां तेरा बुढ़ापा चैन से कट जाएगा।"

फिर एक चुप्पी। मां और भी न जाने क्या कुछ कहती-पूछती चली जाती है, "याद है पिछली नौकरी लगने पर तूने मुझे कश्मीरी शाल लाकर दी थी। दूसरी नौकरी लगने पर घर के लिए कुछ भी नहीं लाया, फिर तीसरी नौकरी और अबकी फिर खाली।"

आम लोगों की केवल एक ही नौकरी लगा करती है और वह केवल एक ही बार। बस पहली तनख्वाह मां के लिए होती है।

मां जैसे भांप गई हो।

"अब तु हर महीने मेरा कुछ बांध दे, कितनी छोटी रकम ही सही।"

"छोटी क्यों मां! मैं तुझे हजार रुपया महीना भेजना चाहता हूं।" और एक बदरंग ठहाका।

"मजाक करता है मां के साथ? तुझे होस्टल भेज मैंने यही

कमाई की!"

न··न करने के बावजूद मुनव्वर गिलास थमा देता है। अन्दर का भाव आंखों की राह झलक आने को होता है। आत्मीयता की कुछ लहरें। "चोपड़ा—लिव फार योर सेल्फ। खूबसूरत चीजें आसानी से नहीं बनतीं। जिन्दगी भी एक आर्ट है। आर··या··पार। समझौते से मुझे सख्त नफ़रत है। वैसी जैसी हम चाहते हैं। न बना पाने से अच्छा है, जिन्दगी को भ्रष्ट कर दिया जाए। तुम तो खुद समझदार हो। जरा-सी अड़चन पैदा होते ही क़छुवे की तरह अपनी खाल में क्यों सिमेटने लगते हो? न तुम पार्टियों में हिस्सा लेते हो, न ही क्लब जाते हो।"

विभू की विश्वास भावना भी जानलेवा है, "मेरे लिए हमेशा एक ही बात नई रहती है—हम दोनों का सम्मिलित भविष्य और मैं कुछ सोच ही नहीं पाती। बन्धन बन गई हूं। तुम मुनव्वर के साथ बम्बई चले जाओ। मुनव्वर की बहुत जान-पहचान है। चेंज हो जाएगा। मुझे बिलकुल डर नहीं लगता। मैं अकेली रह सकती हूं। बिन्नी आ जाएगी।"

एक—दो—तीन,—एक—दो—तीन,—एक—दो—तीन—चार—पांच—छः—सात—आठ—, मुड़ो—एक—दो—तीन—आठ, फिर मुड़ो।

तुम सब सही हो। मां तुम भी, मुनव्वर तुम भी। मेरे समझने में ही कोई भूल हुई है, मैं जंगल में भटक जाता हूं, जहां मुझे कांटे-झाड़ियां और अड़चनें दिखाई देती हैं, उस जगह पर तुम लोग जाने-पहचाने रास्ते की तरह बढ़ जाते हो। दर्द से सर फटा जा रहा है।

एक—दो—तीन,—एक—दो—तीन।

"मैं जब तक लौटूं तुम यहां रह लोगी?"

बिन्नी बात को बीच ही में काट देती है, "भाईजी! यहां कौन नहीं रह लेगा! कितनी खूबसूरत है यह घाटी और फिर

विभू और तुम। तुम लोग हमेशा इस खूबसूरत जगह पर रहोगे और बेचारी बिन्नी मेहमानों की तरह कब आई और कब गई। सुना है, यहां घाटी के कबीले के लोग साल में एक बार नंगे होकर नाचते हैं। तुम लोगों ने तो देखा होगा।'

सर फटा जा रहा है। सैरीडान की एक ही टिकिया काफी है। जैसे-जैसे गोली नीचे उरकती है एक रास्ता बनता चला जाता है। पेट से उतर कर तीखी जलन धीरे-धीरे सीने की ओर बढ़ने लगती है।

एक—दो, एक—दो, एक···आठ, मुड़ो।

दर्द और जलन गायब। भूख और कुलबुलाहट। खाने के लिए कौन-सी जगह सबसे बेहतर होगी! कभी जब बिन्नी आई होती तो विभू को पूरी राहत मिल जाती। किचन का चार्ज उसी के हवाले हो जाता। विभू बेखबर दिन चढ़े तक पलंग के बीचो-बीच तकिए में मुंह दिए पड़ी रहती। कमरा अस्त-व्यस्त अपने सुथरे रूप की प्रतीक्षा करता रहता। साइड-बोट पर रखे कांसे के भेड़िए के कान उन दिनों ज्यादा ही ऊपर उठे दिखाई पड़ते। मेरा भ्रम भी हो सकता था। जब कभी भी मैंने भेड़िए की तरफ गौर से देखा, हर बार उसकी मुद्रा बदली हुई जान पड़ती। अपलक सीध में देखती आंखें एकदम प्रहार-सा करती प्रतीत होतीं। कान सतर्कता से खड़े दिखाई देते और लगता अभी अजनबी गंध को सूंघता हुआ कूद पड़ेगा।

बिन्नी और दिभू साथ-साथ पढ़ी थीं। छुट्टियों में कुछ दिन के लिए जाती है, तो बीच के कमरे में हलचल होने लगती है। विभू खुद कमरे को साफ करती, फालतू सामान को पहाड़ी लोगों में बांट देती और बुड़बुड़ाती रहती कि मैं बीच के कमरे को मेन-टेन करने में कोई रुचि नहीं रखता। बिन्नी आती तो तीनों कमरों में संचार सूत्र कायम हो जाता। शरारत से बीच के, कभी मेरे और कभी विभू की ओर के दरवाजे को खटखटाकर

दोनों को बीच वाले कमरे में बुला लेती। मुनव्वर भी दो-एक बार बीच के कमरे में रह चुका था; पर वह ज्यादातर शराब पीकर खर्राटे भरने का आदी था। कभी-कभी दिन में हम लोग बैठते तो बड़ी-बड़ी योजनाएं, बम्बई के किस्से और अपनी महत्त्वाकांक्षाओं के ब्यौरों के मध्य हंसी का हलका-फुलका माहौल पैदा किए रहता।

मुनव्वर को छेड़ते हुए विभू कहती, "तुम्हारी भागम-भाग का आखिर कोई लाभ भी है?"

मुनव्वर ठहाका लगाकर हंस पड़ता, "वही पुरानी बात। घाटी के बाहर निकलकर देखो, दुनिया कितनी बड़ी है। असल दोष चोपड़ा का है। उसकी भगोड़ी प्रकृति का तुम्हारे ऊपर भी घातक प्रभाव पड़ रहा है।"

"कुछ सीमित लक्ष्यों को प्राप्त कर संतोष कर लेने से ही सही जिन्दगी बनती है। एक निश्चित आयु के बाद बड़ी योजनाओं के मंसूबे बनाना बन्द कर देना चाहिए। महत्त्वाकांक्षा के अतिरेक में आदमी जिन्दगी को जी नहीं पाता।" विभू तर्क देती।

"खुद तो चोपड़ा जड़ है ही, तुम्हें भी···।" और ठहाका लगा जोर से हंस पड़ता, "यहां के एकरस, एकक्रम जीवन से तुम लोग ऊबतें नहीं हो? मैं तो एक स्थान पर टिक ही नहीं पाता—बम्बई, मद्रास, बंगलौर।"

"और अब ढाका···" विभू खिलखिलाकर हंस पड़ी थी।

"बड़ा स्कोप है ढाका में। सोचता हूं एक चक्कर लगा ही आऊं।" फिर मेरी ओर मुड़ते हुए मुनव्वर कहता, "चलो, चोपड़ा! तुम्हें भी घुसा लाऊं। तुमने तो यार हिम्मत ही हार दी। तुम एक बार फिर से, नये सिरे से शुरू करो। आदमी कभी भी नये सिरे से शुरू कर सकता है।"

"हां-हां, ले जाओ इन्हें। कुछ दिन बाहर जाने से चेंज हो जायेगा।" विभू हामी भरती।

मुझे अपनी ओर देखते पाकर विभू सफाई-सी पेश करती, "मैंने यह कब कहा है, फिर से उसी पचड़े में पड़ो; पर घूमने के लिए तो जाया ही जा सकता है। चाहो तो हम भी साथ चल सकते हैं।"

मैं सोचता, अब जाकर क्या होगा? और नयी शुरुआत का ही कौन-सा अर्थ रह गया था। उन दो वर्षों में कितनी मेहनत की थी। सब लोगों ने नया प्रयोग कहकर सराहना की थी। सब लोगों ने सहयोग और सद्भावना के आश्वासन दिए थे और जब समय आता है, ऐन वक्त पर लोग पीछे हट जाते हैं। सर्द मुहावरे, ठण्डी आंखें और संशय-भरी चेतावनियां!

स्वयं को साधने के प्रयत्न और प्रतिबन्ध कितने व्यर्थ होते हैं। संभलने के भरसक प्रयास के बावजूद होता वही है, जो पहले से तय होता है। ऐसे में लगता है, अपने शरीर का कोई भाग हम जिन्दा दफन कर चुके हैं, जो नीचे ही नीचे संघर्ष कर रहा है। कुछ ऐसा होता है, जिसे नियंत्रित नहीं किया जा सकता। तब आदमी असहाय होता चला जाता है। उस समूचे क्रम का एक अंग होना कितना बेमानी हो उठता है, जो सारी कठिनाइयों के बावजूद नियमबद्ध जीवन पर बल देता है और जिसकी पूरी एहतियात के बावजूद नियम टूटते रहते हैं।

आदमी अब निरन्तर असफल होते चला जाता है, तो उसको विनाशकारी प्रवृत्तियां जोर मारने लगती हैं। अकसर हमारे द्वंद्वों के कारण कितने ओछे होते हैं! हम व्यर्थं में उद्वेलित हो स्वयं का ह्रास करते रहते हैं। लम्बी-लम्बी रातें घोर सन्नाटे को महसूस करते व्यतीत हो जाती हैं। विभू ठीक कहती है, "इच्छाओं की ही यदि बात है, तो उन्हें कुचल डालना

चाहिए।"

कितने कम ऐसे अवसर होते हैं, जब स्वयं से संघर्ष न करने की जगह इम स्वयं का समर्थन कर पाते हैं। दूसरों की भावना का खयाल रखने के लिए भी हम स्वयं को मारते रहते हैं। जीवन का महत्त्वपूर्ण भाग हम दूसरों को जीतने और विश्वास दिलाने में खो देते हैं। कब तक चलेगा ऐसे ही और उन तमाम कठिन निर्णायक स्थितियों में हम लोग इस घाटी में आ बसे थे।

शायद दिन निकलने को था। आकाश में हलका-हलका उजाला फैल चुका था। बादलों के टुकड़े एक ओर बढ़े चले जा रहे थे। धुंध के पार से नीचे निरन्तर कोई तिरस्कार-भरी आंखों से घूरे चला जा रहा है। कहीं कोई दोष है, तो उसे दूर करने के लिए मैं कुछ भी नहीं कर सकता। यथास्थिति में ही बने रहना होगा। शुभदा को संभवतः जीना आता था। उसके लिए किसी चीज का भी महत्त्व न था। उसे किसी उपलब्धि में विश्वास नहीं था। अपनी इच्छा के आगे उसके लिए कोई चीज नहीं थी।

आखिर क्रम को बनाए रखने का भी क्या औचित्य होता है? हम सब आवरणों की मौत मरते रहते हैं। अन्दर से भावुक होते हुए भी, व्यर्थ ही कठोर दिखने का प्रयत्न करते रहते हैं।

शुभदा ने एक बार कहा था, "कसुर तुम्हारा नहीं, तुम्हारी मां का है। उसने तुम्हें उत्तरदायित्व समझने की भावना का पता ही नहीं चलने दिया।"

तीखे वारों के मध्य मैं चुप रह जाता, जैसे कोई हवा पास आने के बजाय सर को छूकर निकल गई हो।

"अपनी राय को तुम बहुत महत्त्व देती हो।"

"मैं ठीक कहती हूं। मैं तुम्हें खूब समझती हूं। तुम्हारे इस आभिजात्य···खोखले आभिजात्य को मैं नंगा कर न रख दूं लो···।"

"बाप की नहीं, यहीं करने जा रही थीं न! मैं यूं ही हार मान लेता हूं।"

"तुम जैसे अदमी से मुझे कोई उम्मीद शेष नही।"

गुस्से से शुभदा का गारा रंग एकदम स्याह हो उठता, जैसे किसी ने चेहरे पर हलकी-सी राख पोत दी हो। बिखरे बालों के घेरे में चेहरे पर थकान-सी उतर आती और आंखें बाहर को निकलती जान पड़तीं।

उसकी सूरत अजनबी-सी हो उठती, "गुस्सा, न किया करो! देखती हो, तनाव के कारण तुम्हारे चेहरे पर लकीरे उभर आती हैं और···।"

"सब तुम्हारी वजह से है।" और साथ ही आंखें मूंद वह चीखने-चिल्लाने लग जाती।

4

कुर्सी पर बैठा-बैठा ऊंघने लगता हूं। दरवाजा खुलने की आहट होती है और विभू बिना मुड़े अन्दर दाखिल हो जाती है। उठकर पीछे-पीछे चल देता हूं, "कहां चली गई थी?"

ऊंघने लगता हूं, फिर नींद उचट जाती है। रात के सन्नाटे में गाड़ी बिना रुके स्टेशनों को पार किए चली जा रही है। एक यात्री है जिसे मध्यरात्रि किसी स्टेशन पर उतरना है। निश्चित ही सो नहीं पाता। अनिश्चय की स्थिति धीरे-धीरे आगे को सरकती रहती है। तुरन्त हल ढूंढ़ने की प्रवृत्ति हानिकारक ही तो होती हैं। लगातार अनिश्चय की स्थिति में बहे चले जाना भी साहस का काम होता है।

शुभदा के साथ आगे का रास्ता अवरुद्ध हुआ, फिर विभू के साथ भी गतिरोध हो उठा था। हुमं केवल अपने ढंग से चलना पसन्द करते हैं, फिर भी इच्छा न रहने पर इच्छा के नाटक करते हैं।

गाड़ी बढ़ी चली जा रही है। मीटर गेज की छोटे-छोटे डिब्बों वाली गाड़ी। शरीर के अवयवों में असह्य खलबली मच उठती है। दोनों ओर खिड़कियों के बाहर कुछ भी देख पाना संभव नहीं होता। कोई शहर आने को होता है। दूर मद्धिम-सी

टिमटिमाती रोशनियां दौड़ती हुई पास आने को मचलती जान पड़ती हैं और एक आदमी भागता हुआ जान पड़ता है, अपने से, अपनों से, जिन्दगी से। बहुत कुछ के बीच कुछ छिन जाने के प्रतिशोध में।

निर्माण बजरिए आत्महनन! नये सिरे से शुरू करने की बात। एक बार, दो बार, बार-बार और फिर बारह वर्ष इस घाटी में। विभू के साथ। कभी लगता विभू इस सजा में व्यर्थ ही सम्मिलित हुई। अपने साथ हम कई अन्य की तबाही के भी कारण बन जाते हैं।

बिन्नी ने एक बार कहा था, "वर्षों के इस निर्वासन के बाद अब और क्या जानना है तुम लोगों को? सिलसिलेवार जिंदगी क्यों नहीं जीते तुम लोग?"

विभू ने दृढ़ता से कहा था, "यू हैव नो राइट टूकाल अवर लाइफ एक्जाइल। जिस 'वे आफ लाइफ' को हमने वर्षों जी लिया है, क्या इस बात का प्रमाण नहीं कि वह बाकायदा एक सिलसिला है, कल्चर है?"

"इतनी गहराई में जाने की क्या जरूरत है भाई!" मैंने हंसते हुए कहा था, "बिन्नी विल ऐक्ट एज ए विटनेस टू साल्म-नाइजेशन। विल यू बिन्नी?"

"श्योर, पर कहा कि तुम सीरियस हो।"

"डेड सीरियस!" और मैं ठहाका लगाकर हंस दिया था।

"तुम क्या कहती हो विभू!" बिन्नी विभू की ओर मुड़ी थी।

"आई डोंट फेवर कोर्ट मैरेज।"

"दोनों मिलकर मुझे घिस रहे हो।" बिन्नी झटके से उठकर अपने कमरे की ओर मुड़ ली थी।

कभी-कभी हम स्वर के बीच स्वप्न देखने लगते हैं। एक बच्चा रोये चला जा रहा है। मैं चौंककर उठता हूं। कोई भी नहीं रो रहा है। करवट बदल सोने की कोशिश करता हूं, फिर कोई रो रहा है। अब की स्पष्ट दिखाई देता है। दोनों हाथों में बच्ची को दबाए शुभदा पटक रही है। शुभदा का हाथ पकड़ने को आगे बढ़ता हूं। बच्ची को घसीटती हुई वह भागने लगती है।

"आगे बढ़े तो देखना, अच्छा नहीं होगा।"

मां का हाथ कन्धे पर आ टिकता है, "इस खानदान के बच्चों को पिता का साया नहीं मिलता। तुम्हें भी नहीं मिला था···घबराओ नहीं। सब ठीक हो जाएगा।"

चौंककर उठ जाता हूं। एक उजाड़ नगर। जहां कोई किसी से नहीं बोल रहा। सारा नगर तेज लपटों में घिरा धू-धू जल रहा है। महसूस करने की कोशिश करता हूं कि स्वप्न नहीं है। इस खयाल को झटक और भी ढीला होकर पड़ रहता है। नींद टूटती है, तो स्वप्न में आई घटनाओं के विश्लेषण भी स्वप्न-से जान पड़ते हैं। अर्द्धनिद्रा में आंखें बंद किए रहने पर स्वप्न की स्थितियां फिर से भयभीत करना शुरू कर देती हैं।

उतकर बैठ जाने पर कपकंपी आ जाती है। विभू के पास जाने की इच्छा होती है। उसे सावधान करना चाहता हूं, सतर्क रहना। हमारी स्थिति बहुत अच्छी है। अपनी-अपनी स्थिति, अपने-अपने कमरे, अपने-अपने बच्चे!

स्वयं ही हंसने लगता हूं। स्वप्न और अर्द्धनिद्रा की दुर्बलता को मन स्वीकार नहीं करना चाहता। सोचने पर लगता, मनोबल क्षीण पड़ने लगा है। परिस्थितियों ने साथ नहीं दिया। कभी नहीं दिया।

दरवाजे के बाहर असंख्य आकृतियां चहलकदमी करती हुई। वर्षों का बैर चुकाने के लिए दृढ़ घिराव किए हुए।

शुभदा का गुस्से से भरा लाल चेहरा। टिंकू एक नादान दुश्मन। अपनी ही बच्ची के असहाय आकृति। पन्नालाल घोष पहली नौकरी का बास। नेकीराम सिक्का दूसरी नौकरी का बास।

बलवन्त का बड़ा होने पर भी असहाय चेहरा। भाई मानने में भी शर्म महसूस होती है, "तुम खानदान के नाम पर धब्बा हो। न फैमिली डिगनिटी, न इंडविजुअल डिगनिटी। तुम्हारी चमड़ी बहुत मोटी है। तुम पर कभी किसी बात का असर नहीं हो सकता। वार्न किए देता हूं। लिखकर रख लो। उम्र-भर भटकते न फिरो तो कहना। आखिर कब तक कोई तुम्हारी इन लाडली हरकतों को बर्दाश्त करेगा?"

काले स्याह चेहरे पर मोटी-मोटी पन्नालाल घोष की आंखें, "यहां गए, वहां गए, यह किया, वह किया, मुझे कुछ नहीं सुनना। नतीजा क्या निकला। कामयाबी मिली या नहीं? हर बार लम्बे-लम्बे किस्से। इससे मिला, उससे मिला। क्या हुआ तुम्हारे उस अनफेलिंग सोर्स का? यही न कि उसने पूरी कोशिश की, तुमने पूरी कोशिश की। आई डोट वांट एक्सक्यूज, बेटर रिजाइन!"

फोर-फिगर सैलरी, फ्रिंज बेनिफिट्स, पी० एफ०, इंश्योरेंस कुछ भी नहीं। यह भी कह सकता हूं, सब छोड़ दिया। वास्तव में सब छिन गया। घाटी का यह मकान और विभू। इतना भी बहुत होता है।

विस्मृति के गर्त में छिपी पुरानी बात जब दोबारा मस्तिष्क में लौटना चाहती हैं, तो संघर्ष मांगती है। उभरने की जितना प्रयत्न करते हैं, उतना ही धंसते चले जाते हैं।

बे-मौसम बरसात शुरू हो गई थी। बरसात में घाटी का माहौल बहुत मनहूस हो उठता है। पहले सर्द लहर आती है सांय सांय करते, ऊंचाइयों पर पेड़ झुके-झुके जान पड़ने लगते हैं।

फिजा में षड्यन्त्र की धूल-सी फैलती जान पड़ती है और हवा के झोंकों से पेड़ों से झड़ते पत्ते दूर-दूर तक उड़ते पतंगों की तरह नाचने लगते हैं।

बारिश होते ही विभू गुमसुम बिस्तर में दुबक जाती। पिछली बार तो उसकी हालत इतनी बिगड़ गई कि मैं डर-सा गया था।

बीमारी के खर्राटे में वह बड़बड़ाती रहती। होश में आने पर उत्सुकता से प्रश्न करती, मैं क्या बक रही थी?"

"कुछ भी तो नहीं।"

"छिपाते क्यों हो? तुम्हें तो नहीं कह रही थी कुछ? एक-दूसरे के सिवाय कहने के लिए हमारे पास है ही कौन?" मेरा हाथ अपने हाथों में रख पड़ी रहती। दिन में भी अर्द्धनिद्रा की स्थिति में ऊंघती रहती। रात की भयावनी खामोशी में उसके पास बैठा होता, तो निरीहता के लम्बे साये पैरों की शकल में दौड़ लगाते जान पड़ते। बैठे-बैठे ही मैं झपकी ले लेता।

अचानक नींद टूटती तो पता ही न पड़ता कि किस कमरे में हूं। दरवाजे की ओर जाने को होता तो दीवार की ओर पहुंच जाता। भूलभुलैया में स्थिति पर गौर करता तो असहाय हो उठता। किसी प्रकार की दुविधा न रहने पर भी अकसर मन डगमगा जाता और शंकित मन उस पत्र के विवरण पर गौर करने लगता, जो कुछ समय पहले मैदानों में से हमारा पीछा करते एक गुमनाम व्यक्ति ने किसी धार्मिक संस्था की ओर से लिखा था, 'नो—दाऊ फूल—लिविंग अनसेरिमोनियसली विद ए वुमन इज ए सिन—यू एडवेंचरिस्ट विल बी पनिश्ड—वेट।'

विभू को वह पत्र मैंने नहीं दिखाया था। कई दिन तक अशांत बना रहा था। पत्र का एक-एक शब्द रट गया था, फिर भी बार-बार निकालकर पढ़ने की इच्छा से कई दिन तक मुक्ति नहीं पा सका था। नीचे मैदानों में हजारों मील दूर बैठे लोगों

को अब तक हमारी कितनी चिंता थी?

डाक्टर तक आने-जाने में ही विभू हांफ जाती। चिड़चिड़ाहट से घिरी वह हुक्म चलाती रहती। कभी सह लेता और कभी डांट देता। सुबह उठकर रात के भयानक सपनों के ब्यौरे बताने लगती, तो मैं उसे दिन के समय सोते रहने की हानियां गिनाता रहता। कभी-कभी तो बीच रात में जागकर बैठ जाती और शेष रात दोनों की आधा सोते आधा जागते कट जाती। रात की सरसराहट में छोटी-छोटी बात भी कायर बना देती है।

कमजोर क्षणों में आदमी सहारों की खोज करने लगता है। सहायता की आवश्यकता महसूस होते ही सोच में पड़ जाना पड़ता है। अकेला पड़ जाने पर हममें से कोई भी घाटी में एक दिन भी न बिता पाएगा, ऐसा हम कई बार आपस में दोहरा चुके थे। लाख दबाने की कोशिश करने पर भी अकसर ललक-सी रहती, कभी कोई अपना रास्ता पूछता हुआ इधर को आ निकले।

पलंग से पांव उतारते ही विभू की आंखों के सामने अंधेरा छा जाता और निढाल-सी वह फिर लेट जाती। अंदर-ही-अंदर कुछ घुल रहा था। लेटे रहने से राहत-सी पाती। हीटर की दोनों राड़ मगर की तरह जबड़े फैलाए! ठंड को कण-कण निगलती रहती और कमरा तपने लगता। चाय के पानी से भाप उठने की प्रतीक्षा में डरता रहता, कहीं विभू उठ कर चाय बनाने का काम न करने लगे। चाय के बाद हिम्मत जैसे लोट पड़ती।

अनर्थ की शंका को दबाते मैं डाक्टर खेड़ा के अस्पताल की ओर चल पड़ता। नीचे-ऊपर की पहाड़ियों पर खिलौने-से दीखने वाले मकान, लाल-नीले टीन की छतें, ऊंचे-नीचे पेड़ घुमावदार पगडंडी और कितनी ही रास्ता रोकने वाली चीजों से ध्यान हटाते मन ही-मन मैं उन बातों को दोहराने लगता, जो डाक्टर को बतानी होतीं। डाक्टर से पूछे जाने वाले प्रश्न—मर्ज

क्या है? कब तक अच्छी होगी? डाक्टर खेड़ा के कमरे के सामने रोगियों की लम्बी कतार। बरामदे के एक सिरे से दूसरे का चक्कर लगाते सारे प्रश्न फिर से दोहरा लेता हूं।

किवाड़ को थोड़ा-सा खोल अन्दर झांकने की कोशिश। कुछ दिखाई नहीं पड़ता। पार्टीशन से सारा दृश्य छिप गया लगता है। बाहर आकर बेंच पर बैठ जाता हूं। सहसा बेंच बहुत ही ठंडी जान पड़ती है और सुन्न होने लगता हूं। देर तक बैठा रहता हूं।

लड़का चुपके से आकर दबी जबान में नाम पुकारता है, "चोपड़ा साहब।"

फुर्ती से उठकर अन्दर दाखिल हो जाता हूं। डाक्टर अभ्यस्त मुसकान से अभिवादन का उत्तर दे, बैठने का इशारा करते हुए पूछ लेता है, "कैसी हैं अब?" संभवतः मिसेज़ चोपड़ा कहना चाहता है।

प्रश्नों के समाधान में डॉक्टर ने प्रश्न ही पूछे थे। उस जिरह ने मेरे मस्तिष्क में खाली उथल-पुथल मचा दी थी। एक बात आपको बता दूं। सम्भवतः आप गम्भीरता से नहीं लेंगे। घटनाएं अपने-आप घटित होती चली जाती हैं। उनमें सम्मिलित होने के बावजूद हमारी स्थिति मात्र दर्शक बनकर रह जाती है।

विभू की आयु एकदम कई वर्ष अधिक जान पड़ने लगी थी। कभी तो लगता इतनी भद्दी औरत को कोई, बर्दाश्त कैसे कर सकता है! उतरा हुआ उसका चेहरा पीला-पीला जान पड़ने लगा था।

सुबह ही तैयार होकर घर से निकल गई थी। बिना बताए। बरामदे में बैठा सारे दिन प्रतीक्षा करता रहा था। डाक्टर ने चलने के लिए सख्त मना किया था। मन-ही-मन विभू को डांटने की इच्छा हुई थी। पूरा दिन व्यतीत हो गया। शायद कैम्प गई

हो बिना बताए। दरवाजे में चाबी घूमने की आवान से चौंक मैने ऊपर देखा था। चिढाल-सी वह अपने कमरे की ओर बढ़ गई।

क्रोध-भरे स्वर में मैंने पूछा था, "कहां चली गई थीं?"

"अस्पताल।" एक शब्द का उत्तर दे चुपचाप काम में लग गई।

अस्पताल जाने की बात सुनकर सारा आवेश जाता रहा था। अस्पताल से आशय हमेशा कैम्प के अस्पताल से रहता जहां कि डाक्टर डेनियल को विभू ने मित्र बना लिया था। दुःख पानी बनकर बह-सा गया था और कुछ दिनों में विभू चुस्त हो उठी थी।

यह घाटी में आने के पहले ही वर्ष की घटना थी।

खिड़की से छनकर धूप सीधी आंखों में भर रही थी। एक और दिन बीत गया था। बारह वर्ष का समय भी कितना कम होता है! दिन बीतते रहे थे और पता भी नहीं पड़ा था। दिन कभी नहीं रुकते। हर शुरू होने वाला दिन पूरा हो बीत जाता है। नया दिन कितना भी यातनादायी हो, रुक नहीं पाता। समय की भी मनमानी नहीं चल पाती। उसे भी निश्चित समय, निश्चित दूरी तय करनी होती है।

विभू ने नाश्ता लगा दिया था। मैं चुपचाप डाइनिंग टेबल पर जा बैठा था। परोसते समय विभू बार-बार आग्रह कर रही थी और मैं निश्चिंत मन से खा रहा था। अपनी स्वाभाविक मुसकान के साथ वह हंस-हंसकर बात कर रही थी। कभी जब विभू इस तरह भारमुक्त आचरण करती है, तो बहुत अच्छा

जान पड़ता है।

"इधर बहुत दिन से तुम्हें मिलने कोई नहीं आया। आज शाम कुछ मित्रों को बुलाना कैसा रहेगा?" मैंने सुझाव दिया था।

वह शायद एकदम तय नहीं कर पाई थी, "आज?"

सोचने का अवसर देने के खयाल से मैंने बात को तूल नही दिया था। हम चुप बैठे रह गए थे। विभू को दूसरे लोगों के यहां जाना अच्छा नहीं लगता। अपने यहां छोटी-मोटी दावतें दे हम मित्रों को बुलाते रहते।

"आज नहीं तो एक-दो दिन बाद जब भी तुम्हें सुविधा हो।" मैंने कहा था।

बारह वर्ष का जीवन समस्याओं के भावी खतरे की चिन्ता के बगैर गुजर गया। समय की इतनी लम्बी शिला पर कोई गहरी खरोंच न आई थी। इतना भी आदमी को निश्चिंत महसूस करने और आगे स्थगित कर देने के लिए प्रेरणा दे डालता है।

"मातृत्व स्त्री की अटल आवश्यकता नहीं होती क्या?" अपने मन के संशय की खातिर मैंने विभू को टटोलना चाहा था।

"संभवतः नहीं। हां, बायोलाजिकल सच्चाई तो है ही।" रुककर पुनः कहा था।

पुरुष की स्थिति बेहतर होती है, जिसका वह अनुचित लाभ उठाता है। वास्तव में समस्या का जिम्मेदार वह होता है और दोष स्त्री के हिस्से पड़ जाता है; पर स्त्री यदि नियंत्रण को कड़ा रखे तो?...

नियंत्रण क्या होता है? स्त्री में क्या कम्पन नहीं होता? उसे लोग जड़ कैसे मान लेते हैं?

समस्या समझ में आ जाने पर हल भी मिल जाता है; पर

कितने आदमी होते हैं, जो समस्या को समझ पाते हैं! हम यूं ही अंधकार में डूबते चले जाते हैं।

बहुत दिनों बाद हलकापन महसूस हुआ था। विभू द्वारा दिए गए डिनर में सब कुछ प्रफुल्लित हो उठा था। उस रात देर तक बैठे हम लोग हंसते रहे थे—डाक्टर मिसेज डेनियल, मुनव्वर, बिन्नी, डाक्टर खेड़ा और कैम्प के फौजी मित्र। बीच का कमरा एक बार फिर जगमगा उठा था। खिड़की के शीशे से छनकर दीवार पर आकृतियां बन रही थीं।

कपबोर्ड से बोतल उठाते हुए विभू शोखी से भर उठी थी, "इसी का इन्तजार कर रहे हैं न आप लोग? कैसे लेंगे···नोट··· या पानी के साथ?"

"नौट!" मुनव्वर ने कहा था, "जब मैं घर बसाऊंगा और पैसा बना लूंगा, अपनी कैबिनेट में केवल वाट 69 की कतार सजाकर रखा करूंगा।"

"और तब तुम्हारे आर्ट के एम्बीशन समाप्त हो चुके होगें।" बिन्नी ने चुटकी ली थी।

डाक्टर खेड़ा ने जेब से पाइप निकाल लिया था और सर नीचा कर भरते रहे थे।

"भूख लग आई होगी।···कुछ लाऊं आप लोगों के लिए?" विभू ने उठने का उपक्रम किया था।

"बैठो···बैठो।" मुनव्वर ने कोट की जेब से कागजों का पुलिन्दा निकालकर मेज पर बिछा दिया था। उसकी आंखें नम हो आई थीं। पीने के बाद उसके गाल लाल होने लगते, "मेरी डिजाइनों के कुछ नये नमूने।"

"वार खत्म हो जाए, तो एक बार हम भी बम्बई जाएंगे।" डाक्टर खेड़ा ने डींग हांकी थी।

"यहां घाटी में लड़ाई का आभास ही नहीं मिलता। हम लोग कितने सुरक्षित हैं!" विभू ने कहा था।

"बम तो कहीं भी गिर सकता है?" डाक्टर डेनियल ने कहा था।

बिन्नी की आंखों में निराशा झलक आई थीं, "कल मैं चल दूंगी। यहां पर खुला मौसम, दावतें और यह सब कल भी चलता रहेगा।"

"तुम कुछ दिन और क्यों नहीं रुक जातीं?" विभू ने कहा था।

"अभी तो सुबह बहुत दूर है।" मुनव्वर ने कहा और ठहाका गूंज गया था।

अगली सुबह देर तक सोता रहा था। खिड़की की राह धूप और साथ वाले कमरे में इधर-उधर चलने की आहटें कुछ समय के लिए सताती रही थीं। बिन्नी जाने की तैयारी कर रही होगी। धूप अभी रुख बदल लेगी। करवट बदल लेता हूं। अधूरे स्वप्न और रात का उन्माद, शिथिल बदन और सर में हलका-सा भारीपन।

सोने से पहले की विभू की फुसफुसाहट, "सारा दिन तुम भागदौड़ में रहे। सो जाओ—सुबह जल्दी नहीं उठना।"

आवाजें कान से टकराती रहती हैं। कहा क्या जा रहा है, समझ नहीं पाता। एक बार फिर करवट बदलता हूं। जगने पर फिर थोड़ा सो लेने की इच्छा होती। बाहर कैसा होगा, जाकर देखा जाए, फिर टाल। न तो लेने की और न ही उठकर बाहर जाने की इच्छा हो रही थी। एक क्षीण-सी मुसकराहट होंठों पर आकर लौट जाती है। लगा था सुविधापरस्ती छाती जा रही है। दूसरा खयाल आता है, कुछ दिन यूं दुविधा में ही सही।

कभी भी कोई भी आदत बदली जा सकती है।

यहां घाटी का मौसम भी अपने मन की ही तरह का है। अभी धूप और अभी छांव। खिड़की का शीशा सहसा चमक उठा था। खुले में चलने के लिए एक बार फिर मन मचल उठा था। शुरू से ही बहुत खुले मन का एक व्यक्ति। यही कारण था कि परिस्थितियां हाथ से निकलती गईं और कभी संभाल नहीं पाया।

समय भी कभी-कभी ठहर जाता है। भागते हुए वक्त से हमेशा घबराहट होने लगती है। जब कभी समय भी अपनी ही तरह ठहर जाता, तो सुखद स्थिति पैदा हो जाती। अजनबी शहर के लोगों में तो समय अकसर स्थिर ही रहता है। यहां अधिक लोग जानते भी तो नहीं। गिने-चुने कुछ नाम।

बीच में स्थिति कितनी असहनीय होती है। बचना चाहकर भी हम नहीं बच पाते। पुराने परिचित और मित्र और अपना शहर और अपने लोग और अपनी धूप और अपनी झील और अपना आकाश। तीव्र इच्छ होती उन सबमें लौट जाने की।

धूप का नम स्पर्श अच्छा लग रहा था। मफलर लपेटते हुए मैं बरामदे में पहुंच खड़ा रह जाता हूं। क्षणांश के लिए निर्विघ्न महसूस हुआ था। लोगों से दूर यहां केवल अपने लिए जीना—अनेकानेक व्यवधानों से मुक्त जीवन नहीं? प्रश्न मस्तिष्क से जा टकराया था। दूसरों को अपने जीवन में सम्मिलित कर व्यर्थ हम स्वयं को बंधन में डालते हैं। उनसे अपनी तुलना और ईर्ष्या में हम अपना कुछ खो देते हैं, जबकि उनको हमारी ऊहापोह का आभास भी नहीं हो पाता।

शुभदा के प्रति मेरे रुख में कहीं-न-कहीं मेरा अपना दोष भी था। पांच वर्षों की लम्बी अवधि कैसे उसके साथ कट पाई थी? सोचता हूं, तो आज भी दहशत होती है। उससे मुझे सामान्य स्त्री जैसी अपेक्षाएं क्यों रही थीं? भाबी खतरों का डर हमें

अपनी सीमाओं के चुम्बकीय क्षेत्र से ऊपर नहीं उठने देता।

पीछे से आ विभू ने तन्द्रा भंग की, "चाय पी लो।"

चाय के लम्बे घूंट खींचते हम चुप बैठे रहे थे। अन्दर-ही अन्दर कुछ जमता-सा लगा था। हलकी-सी कंपकंपी आई और लौट गई। विभू को कुछ आभास नहीं हुआ। अव्यक्त खामोशी को हममें से कोई भी नहीं तोड़ना चाहता। हम क्या चाहते हैं, समझ पाना कठिन जान पड़ा था। चुप बने रहकर भी तो हम अपनी सहमति व्यक्त कर सकते हैं। हर अवसर के लिए शब्द उपयुक्त माध्यम ही हों, कहना कितना गलत होगा। विभू हमेशा दो कप चाय पीती है।

तकलीफें सहने के बाद आदमी जड़ हो जाता है। उसके अन्दर का डर समाप्त हो जाता है और बीहड़ स्थितियों के प्रति तटस्थता का रुख अपनाना सीख जाता है। यह स्थिति उसको टूटने से बचाने में कितनी सहायक हो पाती है, कभी पूरी तरह से समझ नहीं पाया।

जीवन में अकसर ऐसे क्षण आते हैं, जब हम उलझकर रह जाते हैं। कोई एक कारण किसी प्रकार की विरक्ति का सही जवाब नहीं रखता। ढलती हुई आयु और बढ़ते हुए झंझट, दोनों बातें एक साथ नहीं चल सकतीं। एक क्षति होती चली जाती है, जिसकी पूर्ति कर पाना भी सम्भव नहीं होता।

रीतियां, संस्कार और अपने अन्दर से ही उठने वाले संशय जीवन को सहज बताने के सारे मंसूबों पर कैसे हावी होते चले जाते हैं! अप्रत्याशित पैदा हो उठने वाले अवरोधों का समाधान खोजने की सम्भवतः हमें छूट तो रहती है, पर कुछ करने की स्थिति पर आकर हम कैसे अटककर रह जाते हैं! न चाहने पर भी एक-दूसरे को आहत करने की साजिश के हम मोहरे बन जाते हैं। गलतफहमियां क्यों पैदा होती हैं? संभवतः दुर्भाग्यवश।

कितने-कितने स्तरों पर जीते हैं! शुभदा ने बोलना बन्द कर दिया है। बात करना भी गवारा नहीं। मौके ढूंढ़ता हूं। इधर-उधर बच्ची को अकेले पा ऊपर उठा लेता हूं। जी चाहता है उसे कसकर भींच लूं। उसके गालों को अपने गालों से रगड़ता हूं। मन होता है वह मेरे अन्दर पूरी तरह से समा जाए। इन तपिश का रंग कितना अलग होता हैं। शुभदा उसे बचाकर रखना चाहती है। पापा गंदे हैं। किसके बेटे हो—माम्मा का··पापा का··शुभदा की तरेरी हुई आंखें··माम्मा का··नाना का।

रात को, आधी रात को बच्ची उठकर मेरे पलंग पर खिसक आती है, "हम पापा के साथ सोएंगे। पापा का बेटा बनूंगा!"

"मैं सारा-सारा दिन घर से गयब रहता हूं। हम इतने बड़ें हो गए हैं, फिर भी मां की चिन्ता नहीं छुटती। लौटता हूं, तो मां का चेहरा डराने लगता है। सुबह से प्रतीक्षा में ठहरी आंखें। बार-बार गली में चक्कर काटती मां की बेचैन चहलकदमी।

"तू बताकर क्यों नहीं जाता रे! मकान बलवंत ने अपने नाम करवा लिया है··तेरे हिस्से की रकम तो तुझे मिल गई है न? बैंक में मत डालना! बैंकों के पैसे को सरकार जब्त करने वाली है! अपने दोस्त को भी मत देना··लाकर में रख छोड़! रूफ्या सैकड़ा, ब्याज भी मिल सकता है। तू शादी कब करेगा रे! बहू आ जाए, तो सब संभाल लेगी। मेरी फिकर तो तभी खत्म होगी!"

कौन करेगा तेरी तरह फिकर? उतना कोई भी तो नहीं करता। उठ-उठकर कोई भी राह नहीं देखता। वैसा डर, वैसा इंतजार किसी की आंखों में भी नहीं उतर पाता, उतने विश्वास के योग्य कोई होता है?

शुभदा के कूल्हों पर फिर से मांस चढ़ने लगा है। फिर बच्ची होगी। इस दलदल में कंठ तक धसना हमारे भाग्य में बदा है। जितना उबरना चाहते हैं, उतना ही धंसना आता है हमारे हिस्से!

"तुम तो बेकार ही डरते हो। मैं इतनी कच्ची नहीं हूं। आदमी एक बार गलती करता है। हद दो बार। मुझे इतनी मूर्ख न जानो। तुम होते कौन हो? मैं तुम्हारे हाथ की कठपुतली नहीं हूं। मेरे भेजे में भी आखिर बुद्धि है। आदमी का बिगड़ता भी क्या है? और तुम···तुम्हारा भरोसा तो किसी पागल को भी नहीं करना चाहिए। है हिम्मत सारी जिम्मेदारी उठाने की? आधे-आधे बांटकर रखने होंगे। आया रख लोगे! तुम्हारी बुद्धि मलिन पड़ गई है। महत्त्वाकांक्षाएं दब गई हैं। मेरी जिन्दगी तबाह करने का तुम्हें कोई अधिकार नहीं।"

"बम्बई जा रहे हो, किस खुशी में? रेफ्रेशर कोर्स में··· कोई नया आफर मिल गया है? एक भी बात नहीं···पीछे से पैसे भेजती रहूं··· मेरे पैसों को छुएंगे भी नहीं···पहले से ही बैंक से निकाल लिए हैं। एक दिन···रास्ते में रुकेंगे···जब बलवंत टूर पर हो। भाई के बच्चों से इतनी मुहब्बत···मिले बिना नहीं चलेगा···तने को काट फेंकना चाहते हो और टहनियों को सीं ना चाहते हो···तुम्हारे जैसे आदमी के साथ कोई एक दिन नहीं चल सकता···मैं ही नहीं··· कोई भी नहीं।'

विभू ओर तरह की लड़की थी। अपने को लेकर उसके पास हमेशा ही बातों का ढेर रहता। नये लोगों के मध्य अकसर वह सकुचा उठती और लगता, जैसे किसी बात में उसको रुचि ही नहीं। उसकी रुचि केवल हम लोगों के भविष्य के विषय में थी। मुझे और कुछ अच्छा ही नहीं लगता। हम बोलते ही चले जाते हैं। अपनी अन्दरूनी गुत्थियों को सुलझाते, सफलताओं-असफलताओं और आकांक्षाओं के चर्चे करते हुए। इच्छाएं,

जिन्हें मैंने कुचल डाला था। योजनाएं, जिन पर फिर से सोचने की क्षमता चुक-सी गई थी, फिर से उभर पड़ी थीं। अधिकांश वर्जनाएं तो मात्र इसलिए जीवित रहती हैं कि हम उनकी चर्चा तो कर लेते हैं। सही चर्चा के लिए सही लोगों की जरूरत होती है।

इस घाटी के पहाड़ दूर होने पर भी जैसे पास-पास दिखाई देते हैं। छूने के इरादे से कभी बढ़ना शुरू कर दो तो दूरी समाप्त ही नहीं होगी। कुछ ऐसी भी मइत्त्वाकांक्षाएं होती हैं, जो हमें संजीवनी प्रदान करती हैं। ऐसी कई बातें थीं, जिनका शुभदा के सामने नाम भी नहीं लिया जा सकता था। कितनी ही ऐसी बातें थीं जो अन्दर-ही-अन्दर घुटकर भुरभुरा गई थीं।

एक और बात भी है। विभू के पास ऐसी ऊष्णता है, जिसे बार-बार महसूस किया जा सकता है। अपनी तमाम चालाकियों और डींगों के बावजूद शुभदा का व्यवहार भोंडेपन का था। मोहपाश के तन्तु, जिनसे स्त्री बाघती है, उससे वह अनभिज्ञ ही थी। उसकी अवश्यकताएं एकदम सीमित थीं। कमजोरियों को स्वाभिमान का नाटक कर छिपाना कितने दिन चलता है। विभू का आचरण एकदम भिन्न और उन्मुक्त रहता है। कुछ जगाने के बाद अचानक ठंडेपन का नाटक उसकी आदत है।

दुविधा का जीवन भी कभी-कभी बड़ा रोचक जान पड़ता है। अपने बारे में सोचते रहने की आदत भी खूब होती है। अतीत की परतें छीलते हुए हम भूल जाते हैं कि उन दिनों से उस समय हम कितने असन्तुष्ट थे। ऐसा भी तो होता है कि एक साथ ही अनेक प्रश्न हमारे सामने उठ खड़े होते हैं और फिर किसी एक का भी उत्तर न खोज पाने के कारण नये सिरे से सोचना शुरू कर देते हैं।

5

बहुत देर हो चुकी थी। परिस्थितियों की अटूट जकड़न में फड़फडाने के सिवाय रह ही क्या गया था? सीमित आकाश, दीवारों की मानिंद ऊंची-ऊंची अलांग चोटियां और उनसे पिघलने वाली बर्फ।

कुचले हुए सांप की तरह महसूस करते हुए, झटके से फन उठाने की इच्छा और फिर दूसरे ही क्षण स्वयं को फिसलन पर छोड़ देने की विवशता। कहीं दूर मैदानों में चले जाने की इच्छा का एकबार फिर जोर मारना। बार-बार जोर मारना। यह चोटियां कितनी निर्मम हैं? जाने लोग यहां किस सुख की खोज में आते हैं? पहाड़ों से फिसलते छोटे-छोटे पत्थर और ढलानों में गड्ढे देखकर लगता, पहाड़ को चोटें आ गई हैं। लैंडस्लाइड देखकर लगता, बहुत बड़ी मानव देह के साथ दुर्घटना हो गई है।

हम ऊंचाइयों की ओर भागते हैं और ऊंचाइयां-पीड़ा को और भी उभार देती हैं। जिन्दगी से भागकर हम यहां आए थे और यहां भी अन्त नहीं हुआ। लगता अभी एक बार और भागना होगा। आयु बढ़ने के कारण भी आदमी का मनोबल क्षीण हो जाता है, वरना सम्भावनाएं तो हर जगह हमारी बाट

जोहती रहती हैं।

बाहर के लोग भी कितने बेकार होते हैं! सब-के-सब उस उन्माद के साथी, जिसमें स्वयं को झुठला हम बहलने और बहकने का स्वांग करते हैं।

इसराली छुट्टी पर आया है, "मैन सालिड थर्टी डेज! दस दिन का ज्वाइनिंग टाइम···लोनीवाला बड़ा खुबसूरत पहाड़ है। बम्बई पहुंच जाने दो···बस। यू विल बी सरप्राइज्ड, ब्लैक नाइट फार फिफ्टीन रुपीज ओनली···दिल्ली में कैप्टन मार्टिन से मिलने तक की बात है। पांच वर्ष का डेपुटेशन···पब्लिक रिलेशन्ज में। कैमरा लटकाए घूमा करेंगे···टी० वी० पर धड़ाधड़ डाक्यूमेंट्रीज! बस अब के मार्च में तुम भी बम्बई का प्रोग्राम बना लो···रशमेल रियल न्यूज वीकली···तुम जरूर पढ़ा करो···रशा रियल सोशलिस्ट कंट्री···पीयो न···तुम तो गिलास सामने रखकर बस बैठ ही गए हो···लो सिगरेट सुलगाओ। स्टेट एक्सप्रेस पांच पैसे···सिर्फ पांच पैसे···समझ लेना पनामा पी रहे हो···यू मस्ट सब्सक्राइब रशमेल वीकली···रूस में बहुत-सी बुराइयां···पर रूस ने ही सबसे पहले उपग्रह छोड़ा···स्टालिन ने बहुत सख्ती की; पर रूस में अब कोई प्रतिबन्ध नहीं। गिनौरिया और सिफलिस का एकदम नियन्त्रण···इस्पात का भारी उत्पादन···मैत्री···शान्ति···सहयोग। देखा सन्धि का कमाल? एक डाक्यूमेंट्री बनाने रूस जाऊंगा। पांच साल से कहते हो; पर चलते क्यों नहीं मेरे साथ?"

"तुम पहुंच जाओ तो मैं आऊंगा!···पर तुम तो मैस में रहोगे न?"

"नहीं-नहीं, घबराने की बात नहीं है। विजिटर्स के लिए एनेक्सी होती है!"

"तो मैं तुम्हारे पास एक महीना रहूंगा!"

"नो,···नाट परमिसीबल···नाट मोर देन ए वीक···।

पीयो न, तुम तो रुक जाते हो!"

"बुरा न मानो तो एक बात कहूं?"

"डोंट वरी, स्पीक विदाउट हिच!"

"हर साल मुझे भ्रम होता है कि पिछले साल की अपेक्षा तुम कुछ अधिक डफर होकर लौटे हो···?"

"नो प्राब्लम! तुम ठीक कहता है। खाओ···पीयो··· नाचो···और चाहिए क्या? और होता क्या है? तुम्हारी तरह राट करने से क्या होता है? उधर कमाण्डेण्ट की बीवी के साथ कार में घूमने को, कमाण्डेण्ट भी खुश कि बीवी की उकताहट कम करने वाला कोई मिला। पब्लिक रिलेशन्ज की डेफिनेशन जानते हो? तुम कुछ नहीं जान पाओगे···तुम अब की बम्बई आओगे, तो तुम्हें गोवा की बढ़िया फैनी पिलाएंगे। फैनी···ए रियल किक्। रशमेल ए रियल न्यूज वीकली···ए मस्ट फार यू···।"

शुभदा के साथ के वह पांच वर्ष। बम्बई जाने के नाम से ही वह चिढ़ उठा करती। इसराली न जाने फिर कहां गायब हो गया था। याद आया। मिला तो था एक बार; पर उस समय एनेक्सी में किसी बड़े अफसर के मेहमान ठहरे हुए थे।

"तुम्हारे ठहरने का मैं कुछ बन्दोबस्त कर भी लेता; पर तुम्हारे पास तो डिनर जैकेट भी नहीं है। कैसे चलेगा? यहां बहुत फारमैलिटी है और तुम···!" हो-होकर हंस दिया था।

"इधर के आदमी वैसे भी जर्नलिस्टों और फिल्म वालों से बहुत डरते हैं, फिर भी आज रात रुक ही जाओ, फैनी पिएंगे। मैस में न सही, क्लब चलेंगे। मेरा सूट तो तुम पर जंच ही जाएगा। क्या बात है? बात पसन्द नहीं आई? तुम बहुत बदल गए हो। तुम्हारा सर भी सफेद हो गया है। बहुत पीछे छूट गए लगते हो।···बम्बई का काम हो गया? मुझे बहुत लोग जानते हैं। अगले हफ्ते आ रहा हूं। मिलना···स्कूटर लेता

आऊंगा···इसी साल डिफेंस कोटे में से मिला है···अगले साल से मुफ्त खाने की स्कीम आ रही है। नो मैस चार्जिज···डेढ़ सौ की नकद बचत···इन्कमटैक्स भी नहीं···बैचलर पड़े रहो··· और···ऐश···तीसरे पे कमीशन की रिपोर्ट आने वाली है···सौ रुपये का और बेनिफिट···इधर कर्ज बहुत बढ़ गया है···कैंटीन वाला हर महीने बढ़ा देता है···कपबोर्ड में ही रखी है···कहो तो निकालूं···तुम्हारे पास सौ रुपये फालतू हों, तो छोड़ जाना। पहली को भेज दूंगा। तुम्हारी बच्ची तो बहुत बड़ी हो गई होगी? शुभदा को साथ क्यों नहीं लाए?···शी इज ए नाइस लेडी···वंडरफुल लेडी, तुम बहुत लकी है···बम्बई का लाइफ बहुत फास्ट है। यू कान्ट इमेजिन···डिनर···ड्रिंक···डांस ···फ्लोर से सीधा लिफ्ट में। फार ए पैग ओनली···रियल मेडिकोज फ्राम पूना···किस एण्ड पार्ट···पांच मिनट बाद दूसरे से हंस-हंसकर बातें करते देख लो···नो इमोशन···एकदम अज-नबी···रशमेल ए रियल वीकली···माओ ए स्पैलबाउंड परस-नैलिटी···मू मस्ट रीड···बेटर दैन बुलेट वीकली···बाई··· बाई···कम एगेन···।"

एक दो-एक—सिर में वही पुराना दर्द—ठहरा-ठहरा दिन —जो अपनी तमाम उबाहट के बावजूद बीत जाता है। कमरे के एक सिरे से दूसरे तक—एक-दो-एक—मुड़ो—एक-दो-एक —सारीडान की एक ही टिकिया···ऊपर को उठती हुई जलन —और ठहरा-ठहरा दिन।

इतनी एकरसता के साथ कोई जिन्दगी लेकर करेगा भी क्या! विभू के लिए डांट···शुभदा के लिए झगड़ा और खिज-लाहट···मुनव्वर और इसराली के तीखे प्रहार—बिन्नी के सामने ही न पड़ने की कोशिश···और फिर भूलना चाहकर भी न भूल पाने वाली लिजलिजी घटनाओं का तांता।

"मैन! तुम्हारा चेहरा कैसा मरा-मरा हो रहा है। लव का

फ्रस्ट्रेशन है, तो हमको बोलो। तुम्हारी पत्नी इतनी बुरी भी तो नहीं है···और फिर···आल वुमन सेम।"

"तुम हमेशा पीछे रह जाते हो। समय के साथ मांगें भी बदल जाती हैं।"

इसराली की खिसियानी-सी हंसी।

"डंक बहुत तेज मारते हो। इसके अतिरिक्त भी है कुछ तुम्हारे पास?"

विभू को लेकर मैं शुरू से भावुक रहा था। मेरी सभी बातों पर वह मन्द-मन्द मुसकराती रहती। जब मैं बहुत गम्भीरता से कुछ कहता वह ठहाका लगा हंस पड़ती। ऐसे में भय की सर-सराहट-सी महसूस करते मैं सतर्क हो उठता।

"घबरा गए?" विभू और भी ऊंचा हंस देती, "तुम्हारे साथ कोई भी लड़की सुखी रह सकती है?"

मैं दूसरे स्तर पर सतर्क हो उठा था; फिर शुभदा क्यों हमेशा ही बिफर जाने की आदी थी। उसका हमेशा मुझे कोसते रहना और मेरा हमेशा स्वयं को संयत करते रहने का अभि-यान एक भयावह स्वप्न की तरह बीत गया था। एक धुंधला-सा धब्बा! याद करने पर भी शुभदा के चेहरे के नक्श नहीं उभ-रते। बच्ची के भी नहीं।

पूरी जिन्दगी का घुन नहीं पाला जा सकता था और फिर मेरी इच्छा का उतना महत्त्व था ही कब? न चाहने पर भी वही सब होना था। बच्चों के प्रति व्यर्थ का लगाव अर्थ ही क्या रखता हैं? विगत की ओर लौटने से स्वयं को रोकना चाहता हूं। बहुत कुछ ऐसा है जो अपनी नजर में नीचे की ओर

धकेलता है।

नीचे मैदान में सब कुछ अपनी जगह होगा? अपनी-अपनी जगह सब ठीक चल रहा है। बलवंत पार्टी-सेक्रेटरी से एम० एल० ए० हो गया होगा। बच्ची काफी बड़ी हो गई होगी। बातचीत में कभी नाम आ जाता होगा। कुछ याद करते होंगे, कुछ याद कर घृणा करते होंगे। सबके अपने-अपने कारण, अपने-अपने तक और यहां घाटी में नये सिरे का भाईचारा, जीवन का नया क्रम और विभू का मूक समर्थन। क्रम-रहितता का महत्व तो होता ही है आखिर।

वर्षों पहले जब बच्ची केवल दो वर्ष की थी क्रम-रहितता तब भी थी। हर स्थिति का अपना सुख और अपने दुःख होते हैं। सोते-सोते आधी रात बच्ची मेरे बिस्तर में खिसक आती। अकसर कांपकर उसका जाग जाना और बड़बड़ाना···मैं सुई नहीं लगावांऊगी···आंखें खोल नींद में ही पथराई आंखों से देख, फिर सो जाना। कभी सोये-सोये और कभी थोड़ा होश में मुस-कराना। कभी उठकर बैठ जाना या फिर पापा, मम्मी ने आज फिर मारा और साथ ही गहरी स्तब्धता। मेरी प्रतिक्रिया की अनावश्यकता। जैसे शिकायत कर देने मात्र से उसका बदला पूरा हो गया हो। चिपककर साथ लग जाना और कभी टांग मेरे ऊपर लाद सोना···कभी नींद में पूरे वेग से दो-तीन थप्पड़ जड़ स्थिर पड़ जाना···

क्या हुआ बेटे—क्या हुआ—और नींद के दरवाजे पर दस्तक कर मेरी आवाज़ का लौटकर निरर्थक हो जाना। बच्चे पैदा करने का मुझे कोई हक नहीं। शुरू से ही एक अशान्त, असामान्य, पीड़ित भविष्य की शिला पर खड़े होने वाले बच्चों का कोई काम नहीं।

वहीं एक अलगाव। जितना उसकी इच्छा होती उतना जान पाना और शेष के लिए महज एक अनुमान। अपने में सिमट

जाना भी एक गुण होता है। अपने लिए हम नयी मान्यता कायम कर सकते हैं। अवज्ञा का रुख भी अपना सकते हैं; और समूचे ढांचे में कोई-न-कोई ऐसी बात निकल ही आती है, जहां पर एक ओर होकर निकल जाने के अलावा कोई चारा नहीं होता। टक्कर लेना कितना बेमानी होता है। सम्भवतः हितकर भी नहीं होता। छोटा-सा हमारा जीवन। दो व्यक्तियों की दुनिया, उसके बाहर के झमलों में पड़ने का औचित्य भी तो नहीं होता।

गहन अन्धकार के बीच थोड़ी-थोड़ी देर बाद आंख खोल शेष रात का आभास लेने का व्यर्थ प्रयत्न। नीचे सड़क पर कोई निकलता है, तो जान पड़ता है, जैसे बाहर बरामदे में कोई चल रहा है। सड़क पर आने वाली आवाजें अकसर स्वयं को पुकारे जाने का भ्रम उत्पन्न कर देती हैं। उठकर बैठ जाता हूं।

कदमों की चाप दूर तक सुनाई देती खो जाती है। पीछे की दीवार पर जोर से चोट पड़ती सुनाई देती है। शायद कोई अन्दर घुसने का रास्ता बना रहा है। स्थिर पड़ा आने वाले की प्रतीक्षा करता रहता हूं। कोई नहीं आता। ध्वनियां निरन्तर सुनाई पड़ती रहती हैं। लिहाफ को सिर तक खींच सोने का प्रयत्न। सांस घुटने लगती है। छत पर छप्प-छप्प की आवाज सुन चौंक जाता हूं, फिर से बारिश होने लगी है। शायद बर्फ भी गिरे। अब की झड़ी कई दिन तक लगी रहेगी। मोजे सीलन से भरे-भरे रहते हैं।

खिड़की से छनकर रोशनी चली आ रही है। शीघ्र ही दिन चढ़ने वाला जान पड़ता है। आसमान हलका नीला और कहीं-कहीं चमकीला सफेद है। इतना साफ आसमान बहुत दिनों बाद दिखाई दिया था। सफेद चमकीले टुकड़े एक ओर को बढ़े चले जा रहे हैं। चौंध बर्दाश्त नहीं हो पाती। सब कुछ नया-नया जान पड़ता है। सुनसान, सपाट, लम्बे-लम्बे, दूर-दूर तक फैले

मैदान। पीले रंग के छोटे-छोटे फूल। एक क्षीण-सी मुसकराहट फिर लौट जाती है। सब कुछ पहले भी कई बार घटित हो चुका था। हार मान लेना भी अच्छा होता है। घुटने टेक समर्पण के बाद दुविधा की अनिश्चयात्मक स्थिति समाप्त भी तो हो जाती है। रास्ते पर चलते चलना ही सबसे कठिन स्थिति होती है।

धीरे-धीरे व्यतीत होता समय···शुरू होने के बाद समाप्त होने वाला दिन···बिन्दुओं का धब्बों में परिवर्तित होता ग्राफ। निश्चित समय में निश्चित दूरी तय करने की मजबूरी। शेष जीवन कितना कम रह जाता है। शेष को लेकर हम अकसर परेशान हो उठते हैं और पीछा अनायास सरकता चला जाता है।

कभी-कभी तो विभू भी अजीब-सी गुर्राहट पैदा कर देती है, जैसे कोई छाती पर आ सवार हुआ हो। बत्ती जलती ही छोड़कर सोने लगी है। कभी जब वह चौंककर उठती है, स्पंदन की ध्वनि निकटता से सुनाई पड़ने लगती है। अपनी यातना और अपने सुखों के हम नितान्त अकेले भागीदार होते हैं। कभी-कभी किसी के साथ सब बांट भोगने की इच्छा होती है। कितनी बेकार की इच्छा होती है यह।

धूप निकलने को होती कि धीरे-धीरे खिसकते बादल सूर्य को ढांप लेते और आकाश खिन्न-सा हो उठता। दूर-दूर तक धूमिल धूप के कारण आकाश चांदी के रंग का दिखाई पड़ने लगता। सहसा मन आशंकित हो उठता और अव्यक्त अनर्थ के घेरे फैलने लगते। अच्छे-भले वर्तमान को हम जी नहीं पाते और कैसी-कैसी शंकाएं सताती रहती हैं। दुश्चिंताओं का कोई एक

कारण समझ में न आता। हर बात में से अनिष्ट की सम्भावना उभरकर उठने को होती है।

नीचे इस घाटी से बाहर का अपना इलाका भी कितना विचित्र था! दूर-दूर तक रेतीला मैदान और ऊंची-नीची बंजर चट्टानें। चारों ओर दरिद्रता और सूखे-मरे चेहरे। सुनसान मैदान और लम्बी सड़कों पर व्याप्त गहरी स्तब्धता। टूटे-फूटे, छोटे-छोटे गांव की आबादी। नीचे की, और यहां पहाड़ों की रात में कितनी समानता है! बेजान, ठंडी और हड्डियों में धंस जाने को मुंह खोले खड़ी-खड़ी एक-सी।

उस सुबह जब मैं सोकर उठा, तो सिर में हलका-हलका भारीपन था। रात की बातों की धुंधली-सी पहचान के कारण उठते ही बेचैन हो उठा था।

कालेज के दिनों में कभी जब देर रात सोने के कारण सुबह पड़ा रहता, तो मां सिर में हाथ फिराते हुए कहती, "देख, तो सूरज कहां पहुंच गया है।"

सूरज की सवारी आज भी अपनी उसी परिधि में चक्कर काटती हुई ऊबती नहीं। आदमी कितना अस्थिर है! जरा-सा कम भी सम्भवतः उसे गवारा नहीं। उठने के साथ ही अर्थहीनता की भावना हावी हो उठी थी और सोच में पड़ गया था—कहीं चले जाना चाहिए···कुछ और करना चाहिए।

मैं उठ गया था। शेष सब सो रहे थे···शुभदा···बच्ची···टिंकू···शुभदा के डैडी···सब कुछ अजनबी हो उठा था। कितना बेकार था उस सुबह का उठना। कोई-कोई दिन अपनी यातनाओं और ऊब के कारण कितना लम्बा हो जाता है, फिर भी बीत तो जाता ही है। काले भयावह धब्बे और सरसराहट छोड़ जाने वाला दिन।

नौकर को काफी लाने का आदेश दे बरामदे में चक्कर काटने लगा था···एक सिरे से दूसरे तक···एक···दो···एक···

एक दो···एक···मुड़ो···एक-दो-एक···एक···दो···एक···। अब मेरे घर में वह मेरा अन्तिम आदेश था। नौकर पर मेरी आवाज का अब भी पुराना ही असर था, हालांकि शेष सब समाप्त हो गया था। यूं तो एक खुद्दार आदमी के नाते मुझे रात को ही वाक-आउट कर जाना चाहिए था, पर आधी रात के उस समय कहां जा सकता था, इस पर पहले कभी मैंने विचार ही नहीं किया था।

कई बार ऐसे मौके आते हैं, जब हम वह नहीं करना चाहते, जो करना पड़ता है और अपमान के लम्बे घूंट पी कुछ समय आहत रह, फिर पूर्वस्थिति में लौट पड़ते हैं। आखिर किया भी क्या जा सकता है?

उस सुबह काफी का स्वाद कड़वा हो उठा था। भलेमानस की तरह नौकर समाचारपत्र भी मेज़ पर डाल गया था। वैसे समाचारपत्र देखने की सबसे पहला अधिकार शुभदा के डैडी का था। भूलवश कभी कोई पहले उठा लेता, तो नौकर की आफत हो जाती। शायद अभी उनके जागने का समय नहीं हुआ था या फिर वह रात घर लौटे ही नहीं होंगे। समाचारपत्र पलटा था···अरुचि से बन्द किया और एक ओर डाल दिया था?

रात शुभदा ने अपना अंतिम फैसला सुना दिया था। मैंने भी बिना किसी दुविधा के कह दिया था, "तुम चाहे जब···चाहे जहां जा सकती हो!"

सहसा अपनी जबान मुझे अटकती लगी थी और पाया था कि यह बात मुझे स्वयं से कहनी चाहिए थी कि अब मुझे यहां से चाहे जहां चल देना चाहिए। सब कुछ बड़े ही सम्मानजनक ढंग से हुआ था।

"मैंने तुम्हें बहुत दु:ख दिया है···अपमान दिया है···अच्छी पत्नी भी साबित नहीं हुई··· मेरे छोटे भाई और डैडी ने भी तुम्हारी वह इज्जत नहीं की, जो वांछित थी···तुम्हें हमेशा

शिकायत रही है···और कई बार तुमने महसूस किया है कि हम एक-दूसरे के लिए नहीं बने, जल्दबाजी में फंस गए हैं, आगे नहीं चल सकते। ठीक है! निर्णय तो लेना ही था। समझ लो आज हो गया। चाहो तो बच्ची को भी तुम ले सकते हो! सभ्यता से अलग हो जाएं···तुमसे ज्यादा मुझे तकलीफ होगी। यह सब कहने के बावजूद लग रहा है, अपने हाथों मैं अपनी जिन्दगी तबाह कर रही हूं; पर प्रश्न केवल मेरी जिन्दगी का ही नहीं है, डैडी की भी यही राय है। जो करना है, दृढ़ता से कर डालना चाहिए। डैडी का खयाल है, अलग ही होना है, तो अपना निर्णय सुनाने के बाद आज रात मुझे इस कमरे में नहीं सोना चाहिए; पर अभी हम पूरी तरह से अलग तो नहीं हुए···मैं वहां सोफे पर सो लूंगी।" वह अपने लिए लगाए हुए बिस्तर में खिसक गई थी और मैं बिना कुछ कहे पलंग पर जा लेटा था।

मुझे चुप पा उसने पुराने भद्दे ढंग से रोना शुरू कर दिया था। उसके रोने के साथ मेरी क्या सहानुभूति हो सकती थी! एक आदमी स्वयं ही कोई निर्णय लेता है और फिर निर्णय पर रोना शुरू कर देता है।

ज्यादा-से-ज्यादा मैं पूछ सकता था···उसे मुझसे क्या अपेक्षा थी? यही न कि मैं टिंकू द्वारा किए जाने वाले अपमान को पी जाया करूं या फिर यह कि अलग अपना मकान लेकर रहने की बात न उठाया करूं और यह भी कि उस के डैडी के सामने हाजिर हो कम-से-कम दिन में एक बार देश-विदेश की राजनीति पर चर्चा किया करूं। सम्भवतः यह भी कि जब वह आग उगलती है, दुम दबा एक ओर दुबक जाया करूं और कम्पनी की नौकरी को अपनी अन्तिम नियति स्वीकार कर लूं।

कुछ भी न कर पाने की असमर्थता के बावजूद दिन गुजरते जा रहे थे और मैं आक्षेप नहीं कर पा रहा था। सम्भवतः उसे

मुझसे कई गुना अधिक शिकायतें थीं और वह मेरी तरह बुज-दिल नहीं थी। दब नहीं सकती, लड़ सकती है, रो सकती है।

पर उसे रोते पा तटस्थ पड़े रहना ठीक नहीं जान पड़ा था और मैंने उठकर उसके कन्धे पर हाथ रख दिया था। थोड़ी देर के लिए हमारा वैमनस्य धुंधला गया था। भय हुआ था कहीं वह भड़क न उठे। हम उस समय वहां क्यों थे की स्थिति भाप-सी बन उड़ गई थी। एक नई स्थिति हम दोनों के सामने थी। मैं और वह सभी पूर्वाभासों से रहित वहां उस कमरे में साथ-साथ थे। उन पांच वर्षों में वैसा आदान-प्रदान हम लोगों में पहले कभी नहीं हुआ था। तुरन्त बाद में लिजलिजाहट उभर पड़ी थी और लगा था, किस दलदल में फंसकर रह गया हूं।

उस शाम की परिस्थिति पर नये सिरे से उलझ गया था। शुभदा शान्त सो गई थी। उस शाम को घोषित उसके निर्णय की अगले दिन होने वाली प्रतिक्रिया पर विचार करता मैं जाग रहा था। शुभदा निश्चिंत सो रही थी और मैं इस तरह पड़ा था, जैसे सिर के बल गिरा होऊं। भारी-भारी आंखों के पीछे मैंने स्वयं को एक ऊंची चट्टान से लुढ़कते पाया था, जिसकी ढलान की सतह बहुत नीचे गहरे समुद्र में जाकर समाप्त होती हो।

मौसम अच्छा न होने के कारण भी आदमी बेबाक हो उठता है। हर समय प्रफुल्लित ही महसूस किया जाए यह भी सम्भव नहीं होता। मन न होने पर स्वाभाविक दिखने के नाटक भी कहां तक किया जा सकता है! जो हमें अच्छे लगते हैं कभी-कभी बुरे भी जान पड़ते हैं। केवल अपनी समस्याओं को सुल-झाने में लगे रहना या अभद्र हो उठना भी मनुष्य की आधार-

भूत प्रवृत्तियों का अंग है और स्वार्थी हो उठना भी किसी सीमा तक वैध ही होती है।

कभी-कभी इस घाटी में मैदानों जैसी कड़क धूप निकल आती हैं और दिन नीचे लौट जाता है। तब एक अजीब भिन्न-सी अनुभूति हो आती है। पीछे की यादें, ऊब, यहां आने की निरर्थकता और लौटने की अर्थहीनता। इतनी सारी धूप के कारण दिन जब लम्बा हो जाता तो अवसाद घटने के बजाय और भी गहराने लगता।

वैसा ही एक लम्बा दिन। कड़क धूप, चमकीला साफ आसमान और मन्द-सी हवा। विभू कहीं चलने के लिए कहती रही और मैं खिन्न-सा बरामदे में बैठा रह गया था। हवा तेज हो गई और पेड़ों से गिरकर पत्तियां बरामदे में फैलती रही थीं। कभी जब मैं विभू का मन नहीं रख पाता तब भी वह उत्तेजित नहीं होती है। चुपचाप अपने कमरे में चली जाएगी या फिर मेरे असपास मंडरा मुझे टटोलने का प्रयत्न करती रहेगी।

"कभी-कभी बहुत सूना लगता है यहां। इसलिए भी कि तुम हमेशा स्वयं से लड़ते हो। शायद स्वयं को तुम पश्चात्ताप से मुक्त नहीं कर पाते।"

"क्या कहती हो? भला पश्चात्ताप किस बात का? बात केवल कुछ बिगड़ी हुई आदतों की है, जिनमें तुम्हारा उत्तर-दायित्व कहीं भी नहीं है।"

"मुझे तो निरन्तर यही जान पड़ता है कि मेरी वजह से तुम स्वयं को जकड़ा हुआ पाते हो। नहीं तो तुम बम्बई नहीं चले जाते क्या?"

"हर काम का एक समय होता है। गुजर जाने पर आदमी केवल कभी-कभी बात कर सकता है, स्वयं को झुठलाने के लिए, धोखा देने के लिए।"

"पर यह निष्क्रियता तो टूटनी ही चाहिए। परिणाम कुछ

भी क्यों न हो, मेरे लिए अब कोई विशेष अन्तर नहीं है। जैसा कुछ रहा है, वह भी ठीक ही है।"

"क्यों न हम किसी बच्चे को पाल लें।"

"हम केवल अपनी जिन्दगियों के मालिक हैं औरों के लिए कठिनाइयां उत्पन्न कर जाना हम लोगों के लिए कैसे उचित होगा?"

"मैं अपने बच्चों की बात तो नहीं कर रही थी।"

"कानून क्या है, मैं नहीं जानता, पर गोद लिए जाने वाले बच्चे को भी विधिवत् मां-बाप की आवश्यकता होती होगी!"

"असल में तुम किसी भी तरह की जिम्मेदारी से बचना चाहते हो। बचाव की तुम्हारी आदत से कभी-कभी तो मुझे सख्त विरोध होता है। कल की बात तुम आज ही सोचने लगते हो। ऐसा कोई बच्चा भी तो हो सकता है, जिसे नामधारी मां या बप की आवश्यकता न हो। सब ट्रेनिंग पर निर्भर करता है।"

"गम्भीरता से यदि तुम कोई बात चाहती हो, तो जैसा ठीक समझो।"

विभू ठहाका लगाकर हंस दी थी, "मैं जैसा ठीक समझूं··· तुम्हें भी तो किसी तरह से भागीदार बनना चाहिए··· निर्णय से बचने की तुम्हारी आदत भी अजीब है!"

विभू मेरा मजाक-सा उड़ाती आन पड़ी थी। वह समझती है, कभी-न-कहीं मैं पुरानेपन से जुड़ा हुआ हूं। सुरक्षा-पसन्द हूं। उसके लिए इस बात का कोई महत्व नहीं कि किसी बच्चे के पास खानदानी नाम नहीं है। जब तक वह समय आएगा, बच्चे यूं भी मां-बापों पर उतना निर्भर नहीं करेंगे। कानून का क्या है? उसे भी अवश्यकतानुसार बदला जा सकता है। आर्थिक आधार दृढ़ होने पर कोई कठिनाई नहीं रह जाती।

मैंने कहा था, "तुम्हारी इस तरह की कामना··· बच्चों की

ललक ही एक तरह से संस्कारों की जकड़न के कारण है। हम मुक्त होना चाहते हैं, न कि फिर उन्हीं झंझटों में फंसना है।"

माना अपने कल से बच्चे स्वयं निपट लेंगे। पर इस स्थिति को पहुंचकर, जब आयु ढलान की ओर झुकने लग गई थी, वही करना जो वर्षों पहले होना चाहिए था, अजीब-सी बात थी, फिर एक बच्ची के साथ ही जब न्याय नहीं हो पाया, तो अब नये सिरे से उसी रास्ते चलना डराता भी तो है। बच्चों की बात चलते ही दोष की भावना हावी होने लगती है, कायरता की भावना। बच्ची का उत्तरदायित्व लेने से इनकार करने का अनौचित्य। उस समय परिस्थिति ही वैसी थी। परिस्थिति अब भी वैसी ही है। एक बार फिर से अन्याय किसी मांगे हुए बच्चे के साथ भी क्यों?

मैं अनुमान नहीं लगा पा रहा था कि बच्चे के लिए विभू की उत्सुकता कितनी है। संभवतः घाटी के एकरस जीवन से ऊब उठने के कारण कमजोर महसूस करते हुए वह ऐसी संभावनाओं पर विचार कर रही थी। शुरू में जिन बातों को वह स्वयं ठीक नहीं समझती थी, अब उन्हीं के पक्ष में होने के पीछे अवश्य ही कोई कारण था। शायद वह जीवन की धारा ही बदल डालने पर गौर कर रही थी।

शायद मैं असफल रहा था। घाटी के जीवन में वैसा कुछ प्रस्फुटित करने में जो हमेशा के लिए हमें स्वयं के प्रति आस्थावान बना डालता। प्रयास करने से भी क्यों होता है? होता तो वही है जो पहले से तय होता है। हम व्यर्थं ही ऊहापोह में पड़े रहते हैं और मंसूबे बांधते रहते हैं।

बीच वाले कमरे से छनकर रोशनी मेरे कमरे के फर्श पर फैल रही थी। विभू को मेरी योग्यता पर शक होने लगा था। वह सतर्क भाव से देखती हुई मुसकराती रहती और मैं और भी अनिश्चित मन हो उठता। इन बारह वर्षों में कई बार संशय

की सरसराहट अन्दर-ही-अन्दर उमड़-घुमड़ ऊपर को आने को होती रही है।

वैमनस्य वाली बात को बढ़ावा देना अनावश्यक विस्तार को निमन्त्रण देने-सा जान पड़ता और बचते रहने के प्रयत्न में ही बात समाप्त हो जाती। कभी-कभी आने वाले कटु प्रसंगों की छाया पहले से ही उभरकर फैलती जान पड़ती और हम संभल जाते। ऐसी स्थिति भी आती, जब इच्छा होती, जो होना है अभी हो जाना चाहिए।

सारी आकांक्षाएं तो किसी की भी पूरी नहीं होतीं। हम बढ़ा-चढ़ाकर रुचि-अभिरुचि का बात करते हैं। वास्तव में हमें हर तरह के आदमी को बर्दाश्त करने की आदत डालनी पड़ती है। जीवन में किसी भी वांछित को पहुंच पाने का कोई महत्त्व नहीं होता। शुभदा के साथ बीते वर्ष, बीच के तीन वर्ष और फिर विभू के साथ घाटी का यह जीवन···इस सबके अलावा भी संभवतः कुछ हो सकता था। शायद हमने गंभीरता से चाहा ही नहीं। हर कोड का ऐण्टी कोड होता है। गंभीरता से चाहने पर दिशा मिल ही जाती हो इसका भी क्या भरोसा?

6

अतीत के हवाले हो जाना कितना आसान होता है! कुछ काल्पनिक और कुछ वास्तविक के बीच वर्तमान को धोखा देने के लिए और चाहिए भी क्या? शुभदा के अलग होने के बाद दो वर्ष भरसक खालीपन और फिर उसे भरने के लिए सुदूर पूर्व की यात्राएं। नये परिवेश में आदमी कितना स्वच्छंद और बेपरवाह हो जाता है! स्वयं को भूल नयी गलियों, पुरानी इमारतों और ऊंची-ऊंची दीवारों के मध्य सुरक्षा और सुख को अनुभूति होती है।

सृष्टि की विराटता के सामने आदमी की अपनी महत्त्वाकांक्षाएं कितनी क्षुद्र जान पड़ने लगती हैं। टूटी-फूटी दीवारें और खंडहर किन्हीं भी बड़ी-बड़ी इमारतों की वास्तविकता के बावजूद कितने सजीव और सच्चे होते हैं। इन बड़ी-बड़ी इमारतों के नीचे खड़े होने पर संशय और भय की सिहरन-सी होने लगती है और इन खंडहरों के मध्य जिज्ञासा और गर्व।

उन्हीं यात्राओं के मध्य विभू मिली थी। रात देर तक घूम-फिरकर उस शहर को देखता रहा था। वैसे लम्बे फैले घाट उससे पहले कभी नहीं देखे थे। कभी वे घाट खूबसूरत रहे होंगे। समय की मार सब पर पड़ती है। मटमैली ईंटों को देख निर्माण

की निरर्थकता का अहसास कौंध जाता है, फिर भी हम धू-धूकर जलने के लिए, ऊपर उठने के लिए जलते रहते हैं। किनारों से दूर होते पानी का विस्तार। पानी के पार लम्बा पुल। सहज अनौपचारिक ढंग से विभू का थके होने के कारण पानी मांगना।

फिर शेष यात्रा में साथ-साथ बने रहना! बस में, गाड़ी में, अपने बारे में बताते हुए दोनों का देर तक बोलते चले जाना। दूसरे के विषय में और जानने की जिज्ञासा···बोलने का क्रम···पूछने का क्रम।

अपने विषय में बताते हुए कहा था, "कुछ उन लोगों में से, जो अन्य लोगों के मतलब के नहीं होते। स्वयं शीघ्र ऊब जाना और दूसरों को उसमें भी जल्दी ऊबा देना।"

गाड़ी में पहुंच बिस्तर खोल निश्चिन्त सो लेना। सो लेने से आदमी हलका हो जाता है। पूछताछ की खिड़की—वेटिंग रूम के सोफे···प्लेटफार्म टिकिट···रिजर्वेशन···मीटरगेज··· डीजल···इलेक्ट्रिक इंजन···ब्राडगेज···ब्रेक···लाउडस्पीकरों पर सूचनाएं···अप और डाउन ट्रेनों के नम्बर:::दूर···दूर। विजिटेरियन···नान-वेजिटेरियन···थ्री टायर···टू टायर··· डाइनिंग कार···डीलक्स···तेज गर्म काफी मंगवा भाप को उड़ते हुए देखते रहना और फिर ठंडा-गर्म एक ही घूंट में निकल मन्द मुसकराते रहना।

"ऐ मिस्टर! बीच-बीच में कहां डूब जाते हो? इट मेक्स ए बैड कम्पनी टू ए जरनी!"

बात समाप्त कर फिर मन्द मुसकान से देखना। मैं समझ न पाता कि विभू की इस बात का क्या उत्तर दें। यूं हर बात का उत्तर देना आवश्यक भी नहीं होता। अपचारिकतावश ही कुछ कहा जाए; पर कुछ बन न पड़ता। बीच-बीच में इस तरह डूब जाने पर नियंत्रण रखना कठिन हो उठता। धीरे-धीरे विभू भी इस आदत का शिकार हो गई थी।

साथ अच्छा होने पर समय के खिसने का पता नही चलता मेरे साथ शुरू से ही अच्छा साथ न होने का दोष रहा है, जो कई मील के लम्बे भूभाग में कोई भी सूखा स्थल नहीं पड़ा था। बरसात के प्रारम्भ के समय की तेज बारिश के कारण अन्धकार-सा छा गया था जिसने रास्ते में पड़ने वाले दृश्यों को पूरी तरह से छिपा लिया था।

चलते-चलते ऐसा भी महसूस होता है, जैसे बात करने को भी शेष कुछ न रहा हो। अपनी जगह बैठे हम अलग पड़ गए थे और पिछले कुछ घंटों से हावी खालीपन और भी गहरी होता जान पड़ा था। शायद बारिश के मौसम में वैसा महसूस होता अपरिहार्य ही होता है।

गर्मी के मौसम में बाहर के लोग आ जाते। विभू बरामदे में कुर्सी डाल आना-जाना देखती रहती। यह दो महीने बीतते पता ही नहीं चलता। हार्न देती हुई रंग-बिरंगी कारें, लाल-पीले पुल-ओवर डाले बच्चे और जीन्स में खूबसूरत लड़कियां। पहाड़ी पगडंडियों पर एक के बाद एक कतारें और टोलियां। उत्सव, फैशनशो, ब्यूटी कंटेस्ट और रिंक। विभू के कहकहे जैसे लौट पड़ते। उसके चेहरे की गहरी पंक्तियां कुछ दिनों के लिए धुल-सी जातीं। उन दिनों एक बदली हुई विभू जान पड़ती और लगता शेष समय वह स्वयं को सायास अनुशासन में बांधे रखती है।

ऊंचे-नीचे रास्तों पर घोड़े की पीठ पर सवार व आगे निकल जाती। घाटी के लोगों में रुचि लेते हुए बच्चों में हंस-हंसकर बातें करना, स्त्रियों के साथ शरारतें और फेरी वालों

के साथ सामान उल्ट-पलट मोल-तोल करने को मैं चुपचाप सब सह जाता। सहसा एक अहसास कौंध जाता। न केवल यहां की घाटी में, बल्कि उससे पहले के जीवन में नीचे मैदानों में भी मैंने लोगों को एक निश्चित दूरी मात्र से देखा था और कभी उनमें घुल-मिल नहीं पाया था।

वे दो-तीन महीने नित नये-नये बहाने। घाटी में बाजार लगते और ताज्जुब होता इतनी भीड़, इतने लोग कहां से अचानक आ धमकते हैं। गिरजे के बड़े मैदान में जमीन पर दुकानें सज जातीं और लगता कोई काफिला रास्ता चलते थककर पड़ाव डाले रुक गया है। एक के बाद एक सटी हुई दुकानें और पहाड़ी लोगों के झुंड, दिन छिपते ही न जाने कहां गायब हो जाते। मैदान की हवा में, पहचान में न आने वाली मिश्रित गंध फैल जाती जिसमें सड़ी हुई तरकारियों और भेड़ों के दूध से उड़ती भाप का आभास होता। पहाड़ी औरतें नंगे सिर घूमती हुई अपने मतलब के सामानों को देखती आगे बढ़ लेतीं।

ऊपर के बाजार के बड़े-बड़े होटल और दुकानें बाहर से आए लोगों से खचाखच भरे रहते और एक ही सड़क पर निरुद्देश्य घूमते हुए चेहरे सहसा जाने-पहचाने जान पड़ने लगते। उन दूकानों, होटलों और मकानों में रहने वाले लोगों के बारे में मेरी जानकारी हमेशा अधूरी रही थी। बारिश में भीगी हुई सड़कों, खिड़कियों के रंग-बिरंगे कांचों, घरों के गहरे रंगों वाले दरवाजों और दुकानों के पीछे मुझे हमेशा एक दूरी का आभास हुआ था।

अन्धकार की उन खाड़ियों में एक प्रश्न कई बार उठकर ऊपर आता लगा है, सफलता का महत्त्व कितना होता है। शायद अपने छोटे-से दायरे के लोगों में हम ऊपर उठ जाते हैं। एक-आध दिन उत्सव की तरह मना लेते हैं और फिर वही जीवन की सामान्य भाग-दौड़।

विभू पीछे छूट जाती है···हर बार पीछे छूट जाती है। विभू

अपने-आप को बहुत जल्दी समझा लेती है···जो नहीं हुआ, वह उसके लिए सोचना व्यर्थ मान लेती है···जैसा है उसी में से विशिष्टताए खोज निकालना बहुत बड़ा गुण होता है। मैं भी संभवतः उसी राह चलने लगा हूं। चुपचाप हर स्थिति को, हर बात को स्वीकार करते चले जाना; पर अन्दर कोई और आदमी जान पड़ता है, जिसकी अपनी मांगें हैं, जो मुक्त होना चाहता है। उसे संजोकर रखी जाने वाली यह बाहरी दुनिया कितनी क्षुद्र जान पड़ती है और वह भागने के लिए छटपटाता रहता है।

वह कौन है और क्यों तनकर खड़ा हो जाता है···उसकी क्या मांगे हैं, मेरे लिए बतला पाना कितना कठिन है। मेरे प्रयत्न ···मेरी क्षमता उसकी आकांक्षा के सामने इतनी महत्त्वहीन हो उठती हैं कि मैं उसकी बात अनसुनी करने की आदत डाल लेता हूं। हमारी आदतों का हमारे आसपास के लोगों पर भी असर पड़ता है।

घाटी की हलचल से दूर कभी-कभी पहले न देखे रास्तों पर निकल जाने की इच्छा होती। टेढ़े-मेढे, ऊंचे-नीचे रास्ते। एक ओर खाई, दूसरी ओर चोटियां। बहुत दूर निकल पड़ने पर लगता लौटने का रास्ता भूल जाऊंगा। रास्ते में आने वाले मोड़ों, पेड़ों और अलग दिखने वाले पत्थरों को निशानी के लिए मन-ही-मन याद करता चला जाता और लौटती बार सब भूल जाता।

इस ओर जब सूर्य निकलता है और धूप चढ़ती है, घाटी के दूसरे हिस्से की तलहटी में शीत की सरसराहट ही भरी रहती है। उस ओर के लोग सूर्योदय से वंचित ही रह जाते हैं। शाम

के अंतिम समय जब इधर अन्धकार फैलने लगता है, तो उधर फीकी धूप अभी शेष होती है। दोनों ही ओर को ठंड हड्डियों में धंसती रहती है। कभी चलते-चलते जब उस स्थान पर पहुंच जाएं, जहां से ढलान समाप्त होती है, तो विभाजन-रेखा स्पष्ट दिखाई पड़ जाती है। पहाड़ के एक मोड़ पर सूर्य की नम धूप से उद्दीप्त शिखाएं और दूसरी ओर शीत और ढलती हुई परछाइयां।

"इधर तुम बहुत बाहर रहने लगे हो?" "विभू ने कहा था।

"कुछ आवश्यक कार्य रहता हैं।"

"जब तुम्हारा जी होता है, काम का बहना कर लेते हो। पीछे का भी कुछ खयाल होना चाहिए। रात-दिन इन कमरों का चक्कर काट जिन्दगी तो नहीं बिताई जा सकती। कभी तुम्हें यह भी खयाल आता है कि मैं भी साथ चल सकती हूं। हमेशा अगली बार कहकर टाल जाते हो।"

"साथ-साथ लगे रहने से कैसे चलेगा? तुम्हें खुद अहसास होना चाहिए।"

"प्रश्न साथ लगे रहने का नहीं है, तुम्हारी नीयत का है। तुम मुझसे बचना चाहते हो। कह दो कि झूठ हैं। कई-कई दिन गायब रहना। बिन्नी जो हमेशा तुम्हारा पक्ष लेती रही है, वह भी महसूस करती है कि तुम बदल रहे हो।"

सच्ची बात यही है। विभू में एक अच्छी पत्नी के सारे गुण हैं। मैं ही जान-बूझकर तनाव उत्पन्न करता रहता हूं। पिछली बार मैं तीन दिन के लिए गायब रहा था। शायद और भी दो-तीन दिन निकल जाते। डाक्टर खेड़ा कार लेकर मुझे ढूंढता रहा था। अनुपस्थिति को इतनी गम्भीरता से लिया गया था, जान-कर मैंने बीमारी का बहाना कर लिया था। डाक्टर खेड़ा के कंधे का सहारा लेते हुए जब बीच वाले कमरे में प्रविष्ट हुआ, तो वहां एकत्रित लोगों को देख मैंने स्वयं को हताश-सा महसूस

किया था। मुझे देखते ही सबकी आंखें उठ गई थीं और विभू ने झटके से उठकर अपने कमरे की ओर ओझल हो गई थी। बिन्नी ने उतरे हुए चेहरे में मेरी ओर मात्र ताका था। केवल मुनव्वर हेलकै से मुसकरा दिया था। डाक्टर डेनियल के चेहरे के भाव तटस्थ था।

बिन्नी के होंठ गुस्से से फड़फड़ाए थे, "तुम्हें पता था, हम लोग आए हैं और तुम घर छोड़कर भाग लिए। तुम क्या समझते हो, हम होटल में नहीं रह सकते है? और फिर विभू को इस तरह सताने का क्या मतलब है? तुम्हें शर्म आनी चाहिए।"

मेरे कुछ बोलने से पहले ही मुनव्वर बोल पड़ा था, "मुझे तो डर था, कोई दुर्घटना न हो गई हो। वरना इस तरह मैदान छोड़ने वाले आदमी तो हो नहीं तुम?"

"तीन दिन क्या करते रहे हैं आप? कभी खयाल आया कि पीछे लोगों का क्या हाल हुआ होगा? जान-बूझकर ऐसे नाटक करते हो। विभू को आतंकित करने में तुम्हें मजा आता है।" बिन्नी का गुस्सा अभी कम नहीं हुआ था।

"क्या हो जाता मुझे? तुम लोग बेकार ही परेशान होते रहे।" मैं बिना सोचे-समझे बोल पड़ा था।

"तुम्हें इतना तो पता ही था कि हमें चिन्ता हो रही होगी?"

मुनव्वर ने बीच में ही बात काट दी थी, जाओ, उधर उससे बात करो।" और विभू के कमरे की ओर इशारा किया था।

डाक्टर डेनियल चुप बैठी थी। मैं सिर नीचा किए विभू के कमरें की ओर हो लिया था। ऊंचा बोलते हुए कहा था, "इसमें घबराने की कौन-सी बात थी?"

"घर से बाहर होते हो तुम पीछे की सोचना भूल जाते हो। अपने सिवाय किसी दूसरे का खयाल रहता है तुम्हें?

उन्मुक्त होकर हंसना···लगातार पीते चले जाना और यहां से वहां···वहां से यहां···। मेरी हर बात गलत होती है? मुझे परेशान करने के लिए तुम कुछ भी कर सकते हो? कम-से-कम यह तो बता ही सकते हो कि तीन दिन तुम क्या करते रहे या गुप्त रखने की कोई बात है?"

"बताने लायक कुछ भी तो नहीं है।"

"साफ क्यों नहीं कहते हो कि लगातार पीते रहे हो। यहां तक बदबू आ रही है।"

"तुम्हारा खयाल सही है। मुझे जबरदस्ती वे लोग पिलाते चले गए। शायद कोई नशीली गोली भी डाली गई थी। चलते समय मैं गिर पड़ा था और सिर में चोट भी आई थी। तुम्हारा चिन्ता करना गलत नहीं था। अनर्थ होते-होते बच गया। वरना तुम सोचो, मैं तीन दिन बाहर रहने वाला हूं? शेष लोगों को समझाना अब तुम्हारा काम है।" मेरी आवाज पूरी तरह से दयनीय हो उठी थी। मुझे विश्वास हो चला था कि विभू स्वयं को संभाल लेगी और अधिक नाराज नहीं होगी।

उस शाम मुनव्वर ने अकेले में मुझसे पूछा था, आखिर मैं चाहता क्या हूं? ब्रांडी सिप करते हुए सोचने की मुद्रा में उसने मेरी ओर देखा था। उत्तर से पहले मैं उसके प्रश्न को समझ लेना चाहता था। संभवत: वह मेरी विनाशकारी प्रवृत्ति का मूल कारण जानना चाहता था। सच्ची बात तो यह है कि मैं स्वयं भी नहीं जानता। जो होना चाहिए था वह नहीं हुआ था और शेष सब कुछ होते हुए भी बेस्वाद हो गया था।

मुझे चुप पा मुनव्वर ने अपना प्रश्न दूसरे ढंग से दोहराया था, "कोई और लड़की है?"

"नहीं।"

"फिर क्या है?" उसकी आंखों में चमक आ गई थी। वह जब भी आता है एक बोतल ब्रांडी मंगवानी पड़ती है। ह्विस्की

के बजाय ब्रॉडी बेहतर ड्रिंक हैं, उसे जाने कैसा भ्रम हो जाता कि आगे को झुकते हुए बोला था, “पैसे की कमी तो नहीं पड़ने लगी?”

“वैसी कोई बात नहीं है।”

“कोई गुप्त रोग तो नहीं लग गया?”

“मजाक करने लगे?”

“समझा, ज्यादा पीते रहने के कारण भी आदमी संतुलन खो बैठता है। शायद मुसीबतें खड़ी करने में तुम्हें मजा आता है।”

मुझे लगा था, मेरे अन्दर कोई कमी अवश्य है। जिस हलके-पन से वह कंधे हिला बातें कर लेता है, मैं कभी नहीं कर पाया था। उसके देखने, बोलने और चलने में, मेरे देखने, बोलने और चलने में कितना अन्तर है!

“मेरी असली परेशानी तो तुम जानते ही हो। मुझे निरंतर अहसास-सा बना रहता है कि मैं जिन्दगी में बुरी तरह से असफल रहा हूं। इसी एक भावना के करण नीचे-ही-नीचे धसता रहता हूं।”

“मैंने कई बार कहा है, मेरे साथ बम्बई चलो। न तो तुम यहां से निकलना चाहते हो और न हो यहां पूरी तरह टिक पाते हो।” आगे झकते हुए उसने कहा था, “जहां तक तुम्हारी असफ-लता की बात है, तुम, मैं इस घाटी और इसके बाहर के लोगों सबकी स्थिति एक-सी है। जितनी जल्दी हम इस बात की सच्चाई को पहचान लेते हैं और स्वयं को स्थिति के अनुसार ढाल लेते हैं इतनी जल्दी ही हम सही जीवन की ओर बढ़ने लगते हैं।”

“यह सब कहने की बातें हैं। सुनने में अच्छी भी लगती हैं।

अपने कक्ष का पिछला दरवाजा खोल मैं टेरेस पर आ गया था। अंदर की अपेक्षा बाहर अच्छा लगा था। दरवाजे बंद रहने के बावजूद सीलन और कोहरा-सा भर गया था। बाहर की हवा ताजी और शानदार जान पड़ी थी। चलने से टैरेस का फर्श ऊपर-नीचे होता लग रहा था—एक-दो-एक—एक-दो-एक मुड़ो।

पूरे घर पर उदासी-सी घिर आई थी। अब तक बारह वर्ष जैसे हंसी-खुशी के थे और अब ठहराव आ गया था।

बिन्नी ने शेष दिन मुझसे बात नहीं की थी और बीच के कमरे में बंद हो गई थी। मुनव्वर का बिस्तर मेरे कमरे में लगा पड़ा था और वह अभी तक लौटा नहीं। बाहर गहरी स्तब्धता व्याप्त है। बीच-बीच में ऐसी ध्वनियों के सुनाई पड़ने का भ्रम होता है, जो शायद कभी भी नहीं हो रही थी। सिर में पीछे की ओर गर्दन से ऊपर हलका दर्द। कानों में छप्प-छप्प की आवाजें उठ रही थीं।

पीछे के तीन दिन की घटनाओं को क्रमानुसार सोचने का प्रयत्न करता हूं, तो कुछ भी दिखाई नहीं पड़ता।···छप्प-छप्प ध्वनि बंद ही नहीं हो रही। शायद नल की टोंटी खुला छोड़ विभू भूल गई है और पानी छप्प···छप्प···छर···र···र फर्श पर गिर रहा है।

सोच में पड़ जाता हूं, आखिर मैं चाहता क्या हूं···आखिर यूं कब तक चलेगा···बारह वर्ष बिना सोचे ही निकल गए। थोड़ा-सा मन मारने की बात और फिर कुछ और वर्ष यूं ही घिसटते हुए निकल जाएंगे। बेमानी-सा कुछ समय का ज्वार। फिर वही किनारे से दूर नीचे-ही-नीचे, भीतर-ही-भीतर गहरे में बहते रहना।

कैम्प में संतरी ने ग्यारह के घंटे बजा एक बार फिर मौन तोड़ा था। घंटे के बजने के बाद के शून्य के साथ खलबली-सी

मच उठी थी और अन्दर से कोई तर्क करता जान हुआ, बड़ बड़ाया, खड़े-खड़े क्या कर रहे हो? इतने लम्बे समय को काटने वाले तुम नितान्त अकेले व्यक्ति हो। शुभदा से छुटकारा पाने के बाद भी तुम नहीं संभले? अब भला कोई चमत्कार होगा? क्यों नहीं घुटने टेक देते? पूरी ढील देनी होगी। उन बातों का अब कोई महत्व नहीं।'

बारह वर्षों में पुल के नीचे से बहुत पानी बह जाता है। बम्बई जाकर भी अब कुछ नहीं होगा···तुमने अपने कार्यक्षेत्र की पहचान ही कब की थी! और अब?···अब बहुत देर हो चुकी है···एक-दो-एक···एक-दो-एक···मुड़ो···आधे सर का दर्द··· एक ही सारीडान काफी···। शायद विभू के कमरे में रखी हो— एक दो-एक···आगे बढ़ जाता हूं। दरवाजे पर पहुंच सहसा कदम रुक जाते हैं। खटखटाना चाहता हूं···हाथ बंध-सा गया धान पड़ता है।···हलका-सा धक्का देता हूं···सिटकनी चढ़ाई नहीं गई थी। बाहर का दरवाजा विभू खुला नहीं छोड़ती। बढ़ जाओ···बंद होता तो संभवतः मैं अपने कमरे की ओर मुड़ लेता। कमरे में अंधेरा भर आया था।

"सो गईं?"

पलंग पर हलचल और साथ बेड स्विच के दबने की अवाज। मेरी ओर देखते हुए वह उठकर बैठ गई। मेरी पसन्द का ढीला-ढाला नाइट सूट···इलास्टिक के लचीले डोरे···दिन में खुले रहने वाले बाल इस समय पीछे से बंधे हुए। चेहरे पर इलकी-सी नींद का अहसास और कोल्ड क्रीम।

उबासी लेते हुए प्रश्न-भरी आंखों से देखने की मुद्रा, "कुछ भूल गए थे यहां?"

"इस तरह, अजनबियों की तरह क्या देख रही हो? मैं कोई नया आदमी हूं? कुछ दिन बाहर रह जाना कोई इतनी बड़ी घटना थी भला? तुम भी बात का बतंगड़ बनाने लगी

हो। मुझे लगता है, मेरा तो कोई दोष ही नहीं था। ये लोग कुछ ज्यादा ही भावुक किस्म के हैं।

इस तरह बंधने वाला कौन हैं यहां? कोई भी तो नहीं··· न बिन्नी···न मुनव्वर···न ही डाक्टर डेनियल। बूढ़ी होने को आई हैं, फिर भी यंग से यंग डाक्टर को फांसती हैं। शराब पीती हैं···सिगरेट पीती हैं···बन-ठनकर चलती हैं···कभी कोई दुविधा नहीं। लगा था मैं पूरी तरह से अपनी अधिकार सीमा में हूं। चोर-भावना छनकर बह गई थी।

"बहुत गुस्सा हो?" अगले शब्द अटक-से गए थे। पूरी तरह तैयार होने के बावजूद समझौते के शब्द कहने की हिचकिचाहट।

"गुस्सा किस बात का? केवल अफसोस होता है। जब हम शुरू-शुरू में यहां आए थे, सब कुछ कितना भिन्न था! हम लोग जवान थे, अभी भी बूढ़े नहीं हुए हैं। महत्त्वाकांक्षाएं थीं। कुछ-न-कुछ करते रहते थे। कुछ नहीं तो ढेरों चिट्ठियां ही लिखा करते थे तुम···फिर उत्तर आने की प्रतीक्षा। सुबह ही डाकखाने चल देते···या फिर कुर्सी डाल उतावलेपन से डाकिये की प्रतीक्षा···धीरे-धीरे सब मिटता चला गया। मैं समझ नहीं पाती···कसूर किसका है···तुम्हारा या मेरा?"

"आगे-पीछे सभी के साथ ऐसा ही होता है।" मैंने कहा था।

"कोई जरूरी नहीं। तुम्हारे जैसी पराजयवृत्ति कम लोगों में ही होती है। लोग अस्सी-नब्बे तक की आयु में नये सिरे से प्रारम्भ करने की सोचते हैं। तुम कुछ करना ही नहीं चाहते। न भी सही; पर इस तरह मुझे पीड़ित करने का तुम्हें कोई हक नहीं।"

शब्द कितने निरर्थक होते हैं। मेरे अन्दर कोई उफान नहीं थी। मैं केवल अपने विषय में जानना चाहता हूं। यह सब अजीब सिलसिला है, यहां आने के लिए उसने मां-बाप—किसी की पर-

वाह नहीं की। कभी उसे उनका ध्यान भी नहीं आया। ध्यान भी था तो उससे उनकी यातना कम होने का तो कोई प्रश्न ही नहीं था।

उसने दोबारा बोलना शुरू कर दिया था, "मेरे लिए अब कोई चाव नहीं रह गया। यह घर, घाटी के वे स्थान, जहां हम बारह वर्षों में बार-बार गए हैं, सबसे अब मेरा दम घुटता है। यह मकान अब मुझे परावा लगता है। कुछ भी करने का उत्साह ही नहीं बचा। यही सब होना है तो एकदम हो जाना चाहिए। कभी तुमने सोचा है कि यहां दिन कैसे कटता है? कई बार सोचा है कमरों के लिए नये पर्दे बनाऊं; पर तुम्हारी रुचि ही नहीं, तो करने से फायदा! इतना सब तो बर्दाश्त कर सकती हूं। उस पर तुम्हारी धमकी, चुपचाप चले जाओगे और कभी लौटकर नहीं आओगे। कभी सोचा है, यहां पीछे तुम्हारी प्रतीक्षा करने वाला ही आखिर कौन है? जाने को कभी भी जाया जा सकता है। कोई भी जा सकता है।"

मैंने बढ़कर उसके मुंह पर उंगली रख दी थी। इतनी सारी शिकायतों का उत्तर बोलकर दिया भी कैसे जा सकता है!

सोकर उठा, तो खिड़की के कांचों में से छनकर धूप अन्दर दाखिल हो रही थी। विभू गायब हो चुकी थी। स्टोव के जलने और बर्तनों के खटखटाने की आवाज सुनता हुआ सिर के नीचे हाथ दिए मैं पड़ा रहा था। कमरे की दीवारों का रंग फीका पड़ गया था और मैंने महसूस किया कि पूरे मकान की मरम्मत की सख्त जरूरत है। सामने की दीवार पर टंगी पेंटिंग पहले मैंने कभी नहीं देखी थी। विभू लाई होगी या बिन्नी ने दी होगी।

इस पेंटिंग की अब तक कोई चर्चा नहीं हुई थी। बुक-केस में कुछ और पन्ने जुड़ गए जान पड़े थे। इसका मतलब है विभू अपने आप संघर्ष कर रही है। समय काटने का दूसरा उपालम्ब जुटा रही है।

स्टोव बंद हो गया था और बरामदे में पदचाप सुनाई पड़ी थी। चाय लेकर विभू आती ही होगी। उठकर बैठ जाता हूं। सोया होने का आभास नहीं देना चाहता। ट्रे उठाए हुए विभू आती है, प्याला भरते हुए मन्द मुसकान के साथ आगे बढ़ा देती है।

आज की सुबह पिछली सुबह से अच्छी लग रही है।" मेरा इशारा बाहर खुल आए मौसम की ओर था।

विभू ने बात को दूसरा अर्थ : डाला था, "बाहर रहने के बाद घर लौटने हमेशा अच्छा ही लगता है।"

चाय पीते हुए मैं विभू के चेहरे को गौर से देखता रहा था। जब आदमी बुढ़ाने लगता है तो खालीपन और भय की भावना बढ़ जाती है। अन्दर ही कोई बहुत मजबूत विकल्प हो तो बात अलग होती है। दो व्यक्तियों के साथ-साथ बिना दुराव आगे बढ़ने के लिए बहुत सारी समानताओं की जरूरत होती है। एक जैसी आदतें, रुचियां और आकांक्षाएं। दूसरों की भावनाओं को चोट पहुंचाने का हमें कोई हक नहीं होता। प्याला खाली करते हुए मैंने मेज पर रख दिया था।

शुरू में हम दोनों की रुचियों और आकांक्षाओं में बहुत समानता थी। बाद में घिर आने वाले तनाव में विभू का व्यक्तिगत रूप से शायद ही कोई दोष रहा हो। अपनी-अपनी आकांक्षाओं को लेकर ही हम लोगों का मतभेद बढ़ा था। विभू ने स्वयं को वर्तमान की आवश्यकताओं के अनुसार लिया था। मैं अन्त तक स्वप्नजीवी बना रहा था। यहीं से हम लोगों में दरार पैदा होनी शुरू हुई थी।

स्त्रियां संभवतः होती ही कम महत्वाकांशी है। मेरा खयाल था समयानुसार बदलते हुए मुझे बहकना बंद कर देना चाहिए। उसके सुझाव सुन हंसी आने को होती। हम लोगों के सम्बन्ध का आधार ही अनिश्चितता में निहित था। फूंक-फूंक-कर कदम रखना, सुनिश्चित, सुनियोजित जीवन के विपक्ष में खड़े होने के अपने ही निर्णय के विरोध में काम करता उसे देख मुझे आश्चर्य भी होता और अपनी दृढ़ता के प्रति संशय भी।

शुरू के उन दिनों सोचने का मौका भी नहीं मिलता था। तब दिन इतने लम्बे नहीं हुआ करते थे। कुछ करने या न करने के पीछे कारण ढूंढने की जरूरत भी महसूस नहीं हुआ करती थी। करना क्या था इसकी शायद कोई तसवीर भी नहीं थी।

गर्मी के दो महीनों की चहल-पहल। अपरिचित लोगों की भीड़। सुबह से शाम तक के लम्बे प्रोग्राम। ऊपर क्लब में सारी-सारी रात नाचते हुए एक बगल से दूसरी बगल। विभू के अन्दर का सब कुछ बदल गया था। अब कभी ऊपर क्लब में जाते भी हैं, तो एक ओर कुर्सी डाल फ्लोर की ओर देखती रहती है। उसकी आंखों में उतरने वाली धुंध को देख अकसर लगता है, वह भी मेरी ही तरह की छटपटाहट महसूस करते-करते हार स्वीकार कर चुकी है; पर अपनी भावनाओं पर नियंत्रण रखने की उसमें अपूर्व क्षमता है। बारह वर्ष पूर्व जरा-सी बात पर उसने नाचना छोड़ दिया था। क्षणिक निर्णय को इतनी महत्ता देने के प्रति मैं शुरू से शंकित मन रहा हूं।

भावावेश में घटने वाली बातों का कभी-कभी विस्तृत प्रभाव पड़ जाता है। सफलता में विश्वास रखने वाला भाई बलवंत'' निर्णय को टालते रहने की विभू की आदत और कोई भी दोष न दे पाने वाली मां, इस सबके बावजूद ही कुछ लोग महत्त्वपूर्ण हो जाते हैं, हमें आगे बढ़ने में मदद कर पाने में या बने-बनाए को गिरा देने में।

इस घाटी में चले आने के पीछे मात्र कारण विभू ही थी। कुछ और लोग और परिस्थितियां भी थीं, जिनसे भागे बगैर गुजर नहीं थी। बाप बराबर भाई बलवंत। मां ने कितना चाहा था दोनों मिलकर रहें। विभू में कुछ बातें हैं जो पूरी तरह मुझसे मेल खाती हैं। लिजलिजी जिन्दगी को घसीटते चले जाना। विरोध होने पर भी असह्य कुछ न कर पाना। शुभदा के साथ निर्वाह करने का मैंने भरसक प्रयत्न किया था और विभू ने मेरे साथ।

7

सांय-सांय हवाओं के बीच पेड़ दोहरे होते रहते। लम्बी उबाऊ दोपहर। सामने की खाली सड़क पर उड़ते हुए पत्ते नीचे खाई की ओर गिरते, बीच में झूलते हुए फिर से ऊपर उठने लगते। पलंग के साथ लड़ते-लड़ते ऊबकर बाहर चला आया था। बिना उद्देश्य विभू के कमरे तक चला गया था। हलका-सा दरवाजे को खोल अन्दर झांका था। विभू गुर्राने की अजीब आवाजें कर रही थी।

कमरे में अन्धकार होने के कारण अन्दर का दृश्य अस्पस्ट-सा जान पड़ा था। नींद में रोकर कुछ बोल रही थी और शब्द पकड़ में न आ रहे थे। आवाजें फटकर कमरे में फैल रही थीं जैसे किसी तख्ते को चीरा जा रहा हो। बारह वर्ष के अपने साथ में विभू को इस तरह चीखते मैंने पहले कभी नहीं सुना था। दूसरों के सामने स्वयं को खोलना उसे बिलकुल पसन्द नही था। जब कभी भी आपे से बाहर होने की स्थिति उत्पन्न होती हमेशा उसे कमरे की ओर दौड़ते ही मैंने देखा था। दूसरों के सामने रिरियाना। उसे कतई अच्छा न लगता। अपनी ही आवाज से उसकी नींद टूटी थी। मुझे पास बैठा पा उसने मुंह मोड़ लिया था।

"तुम यहां क्यों आए?"

"बिना बात ही नाराज रहने लगी हो तुम।"

"तुम साफ क्यों नहीं कह देते?"

"यह तुम्हारा भ्रम है!" मुझे लगा था मैं किसी बहस में नहीं पड़ना चाहता और उसके अन्दर का तनाव कम करने के लिए मूल संदर्भ को स्थगित भी कर सकता हूं।

"पहले तुम इस तरह का व्यवहार नहीं करते थे।"

"छोटी-छोटी बातों को लेकर इधर तुम ज्यादा ही सोचने लगी हो।"

"ऐसी ही शंकालु होती तो आज यह नौबत आती ही नहीं और फिर बिगड़ा ही क्या है। बांधकर रखा भी तो नहीं जा सकता।···पर यह मत कहना, पहल मैंने की।" उसका गला रुंध गया था। चेहरे को नीचे करते हुए शान्त-सी पड़ गई थी।

स्वयं को उसने संभाल लिया था। "जानते हो कल पूरी शाम मैंने एक अजनबी के साथ व्यतीत की। हम लोग ऊपर होटल में बैठे रहे थे और देर तक वह पीता रहा और मैं सामने बैठी देखती रही, फिर वह मुझे यहां तक छोड़ने आया। उसने छूना चाहा, तो मेरे अन्दर कुछ भी नहीं हुआ, जब मैंने उसे चले जाने को कहा, तो उसने प्रश्न किया था, मैं "तुम्हारे साथ ही बंधकर क्यों रहना चाहती हूं?"

आगे सरक मैं उसके साथ सट गया था। दोनों हाथों से पकड़ उसने मुझे नीचे की ओर खींच लिया, जो भी निर्णय लेना है, ले डालो। दुविधा में नहीं रहना होगा। मैं तुम्हें किसी बात के लिए उत्तरदायी नहीं ठहराऊंगी।"

अपनी ओर से विभू ने जतला दिया था वह किसी और के साथ नहीं जाएगी, मैं भले ही अलग हो जाऊं। मैं उस आदमी के बारे में सोच रहा था, जिसके साथ उसने पिछली शाम व्यतीत की थी और जो उसे छूना भी चाहता था।

कौन हो सकता था? मुनव्वर, नहीं? कैम्प का सीनियर अफसर, नहीं। डाक्टर खेड़ा? कोई भी रहा हो। नाम को महत्त्व ही क्या होता है? और फिर यह तो विभू के सोचने की बात है।

इसके बावजूद कि यह विभू के सोचने की बात थी मैं किसी नयी स्थिति के लिए स्वयं को एकदम तैयार न पा रहा था, “व्यर्थ की बातों पर अधिक ध्यान देने लगी हो। कुछ बातें आधारभूत होती हैं, जिनके बारे में मैंने कभी दुबारा सोचने की जरूरत नहीं समझी।”

विभू चुप रही थी। शायद उसे मेरी बात का विश्वास नहीं हुआ था। मकान की इन छतों में सब कुछ समेट लेने की क्षमता है। लौटकर हमेशा सुरक्षा महसूस होती है। वरना चारों ओर की सारी चीजें पूरी तरह से बिखरी हुई थीं। शुरू से ही सबके लिए मैं निराश करने वाला अनुभव साबित हुआ था। अपने से की जाने वाली किसी भी अपेक्षा को मैंने कभी पूरा नहीं किया था। अकसर अन्दर से पूरे विरोध के साथ एक अजनबी उठ खड़ा होता है। मन्द मुसकराता हुआ बार-बार चोट करने वाला। बहुत सारे छिद्र थे और उन्हें पाटने के लिए कुछ भी करने में मैं बुरी तरह से असमर्थ रहा था। कुछ हो ही नहीं सकता। जैसे चल रहा है ठीक है। इस रूप में लेना होगा। सहसा अजनबी का दबाव कम हो जाता। उसकी मुसकान विलीन हो जाती और नसों का तनाव मिट-सा जाता। जैसे कोई दुःस्वप्न था जो टूट गया है। मैं कमरे में हूं। अपने पलंग पर। चारों ओर की जानी-पहचानी चीजें, बुक शेल्फ, कैबिनेट और हलके पड़ते हुए पर्दे और खिड़कियों के कांच। मैं बिस्तर पर हूं। मेरे ऊपर लिहाफ है। फिर भी मैं ठण्ड से ठिठुर रहा हूं। हड्डियों में अन्दर तक ठण्ड जम रही है। सर में दर्द है।

मस्तिष्क की पकड़ में न आने वाले किसी भय की सरसराहट

का तो कोई खतरा नहीं। मेरी कमजोरी का कोई भागीदार नहीं। यह स्थिति अभी गुजर जाएगी। जो भी दिन शुरू होता है उसे समाप्त होना ही होता है। कोई नई बात नहीं है।

आदमी हर बात का आदी हो सकता है। हो जाता है। ऐसे स्वप्नों का क्रम बीमारी से शुरू हुआ था। पूरी घाटी में महामारी फैल गई थी। एक सप्ताह तक तेज बुखार में तपता रहा था। लिहाफ के साथ कम्बल जोड़कर सिर-मुंह ढांपे पड़ा रहता। दर्द कम होते ही बदन पसीने से नहा जाता और फिर पीठ पलंग से लगने से इनकार करने लगी थी। पूरी-पूरी रात जागते ही व्यतीत हो जाती। बीच में कभी आंख लगती भी तो भयंकर स्वप्नों का क्रम शुरू हो जाता।

दूर तक फैली हुई लम्बी सड़क और उस पर चलता हुआ अकेला आदमी। सड़क के कभी न खत्म होने का अहसास बुरी तरह से झंझोड़ डालता और तब पसीने से लथपथ मैं उठकर बैठ जाता ''बहुत रात गए पीकर लौटता हूं। धीरे से चाबी लगा दरवाजा खोल अपने कमरे में चला जाता हूं। तबीयत में अजीब बेचैनी भर उठती है। बिस्तर में पड़ने पर आग और भी तेज हो उठती है। पेट में उथल-पुथल मची है। तेजी से उठकर बाथरूम की ओर लपक जाता हूं। उलटने के बाद पाइप को मुट्ठी में दाबे खड़ा रहता हूं। आंख और नाक से पानी बह रहा है और सामने शीशे में अपनी आकृति बरदाश्त के बाहर जान पड़ने लगती है। बिस्तर पर लौट लिहाफ को चारों ओर से भींच लेता हूं।

सोचकर राहत महसूस होती है कि विभू को पता नहीं पड़ा,

बाहर गहरा अन्धकार है। खामोशी के कारण आप की रात का काटना मुश्किल जान पड़ता है। स्वप्न की बात आंखों के सामने आती रहती हैं। दूर लम्बी फैली सड़क—जानी-पहचानी-सी कैम्प को जाने वाली सड़क।

विभू के तर्क अकसर अकारण होते हैं। आगे-पीछे पूरी बात कह डालती है। उसका थोड़ा बोलना भी भारी पड़ने लगता है, "केवल तुम्हारे कहने-भर की बात थी और मैं तुम्हारे साथ कहीं भी जाने को तैयार थी। बारह वर्ष पहले। मात्र तुम्हारे कहने पर मैंने शेष सबसे पीठ मोड़ ली थी।" उसकी आवाज से लगा था किसी गहरे घाव को सहला रही है।

"अपने निर्णय पर तुम्हें अफसोस हो रहा है?"

"अफसोस की बात नहीं है।"

"फिर?"

"दुःख की बात है। चाहिए तो यह था तुम्हें तुम्हारे तक हीं छोड़ चुपचाप अपनी राह चली जाती।"

"मतलब तुमने अहसान किया था?"

"अहसान की बात नहीं है।"

"फिर?"

"बात तुम्हारी बेईमानी की है। तुमने हमेशा बेईमानी से काम लिया है—मेरे साथ, अपने साथ। तुममें सच्चाई का सामना करने की हिम्मत ही नहीं है। शुरू से ही नहीं थी। कोई भी आदमी तुम्हारे लिए उस सीमा तक अच्छा है, जहां तक वक्त-कटी का काम कर सकता है। तुम क्या चाहते हो केवल अंधकार के साथी बने रहें? केवल हाथों से महसूस करने तक के लिए? जहां कहीं मेरे पूरा व्यक्ति बनने का प्रश्न आया है, तुम कन्नी काटने लगते हो। हर बात को स्थगित करते चले जाना तुम्हारी आदत में शुमार हो गया है।"

"मेरे विषय में तुम्हारे ये निष्कर्ष सही नहीं हैं।"

मिलकर हम लोगों के इकट्ठे चलने के लिए आवश्यक है तुम सच्चाई से भागना छोड़ दो। दूसरे आदमी से वह सब कुछ पाते रहें, जिसकी हमें अपेक्षा रहती है और बदले में कुछ भी करने से कब तक बचा जा सकता है!"

"ऐसी शिकायतों को न उठाने वाला भी तो कोई मिलना चाहिए?"

"असंभव बातों का पीछा करना छोड़ोगे नहीं तुम?"

"पता नहीं।"

दिन चढ़ने के साथ-साथ मौसम भी कुछ बदला था। सड़क की चहल-पहल लौट पड़ी थी। ऊपर चोटी की ओर बढ़ते हुए घोड़े तने-तने और बोझा लादे पिट्ठू झुके-झुके धीमी गति से रास्ता नाप रहे थे।

विभू भी जाग चुकी थी। उसके कमरे का बेड बुरी तरह से अस्त-व्यस्त लग रहा था। इधर वह आलस से लदी-लदी जान पड़ती है। हर काम को टालना आदत-सी बन गई है। सारा दिन गाउन में लिपटी हुई किताब खोलकर बैठी रहती है।

पिछले वर्षों से सहसा उसका आचरण भिन्न जान पड़ता है।

विभू भी खेल खेलने लगी थी। शायद वह छिपकर कोई राह बनाने में लगी थी। हालांकि विभू को छोड़कर मेरे सामने कोई विकल्प नहीं रहा था, पर इस स्थिति के लिए भी तैयारी नहीं की थी। सामने पड़ने पर मतलब-भर की बात होती और गुम-सुम रहकर दिन गुजरते जा रहे थे। बिना बताए ही वह पूरा-पूरा दिन बाहर रह जाती पर आपत्ति करने का साहस ही न कर

पाता।

पूरी घाटी के घरों में से एक तीखी गंध उठती जा रही है। गर्मी के महीनों में जब धूप चमकती है तो गंध दब-सी जाती है। बरसाती कीड़ों के कचूमर से निकलने वाली इस गध से अब कभी छुटकारा नहीं होगा। अकसर कई-कई कीड़े बिस्तर पर रेंगते रहते हैं। विभू के अन्दर भी एक कीड़ा रेंगने लगा था। बारह वर्षों में दूसरी बार वैसा हुआ था। पहली बार की भूल को विभू ने डाक्टर डेनियल की सहायता से तुरन्त सुधार लिया था। इस बार के लिए उसे कोई पश्चाताप नहीं है। संभवतः यह भी पूरे षड्यंत्र का एक हिस्सा है।

सुराखों की राह भी ठण्ड कमरे में घुस सकती है। खिड़की बन्द करने के बावजूद हाथ कांप रहे थे। विभू के साथ अपने रवैये पर मुझे पहली बार पश्चात्ताप हुआ था। उसके आक्षेपों के उत्तर में मैं चुप रह जाया करता हूं, कितना गलत रुख था! अकसर आपत्तिजनक बातों को मैं भूल जाया करता हूं। जो बातें भूलनी नहीं चाहिए थीं उन्हें मैं प्रयत्न से भुला डालता था।

किसी निर्णय पर पहुंचने के लिए मैंने पूछा था, "क्या सोचा है तुमने?"

विभू जानती थी किस बारे में पूछ रहा हूं, पर एकदम उत्तर नहीं दे पाई थी।

फिर एक बेजान-सी आवाज में बोली थी, "किस बारे में?"

मुझे स्वयं पर काबू पाना कठिन हो गया था, "बेवकूफ मत बनो। परिणाम भी सोचा है?"

"इतने वर्ष जब तुमने परिणाम सोचने की आवश्यकता नहीं समझी, तो आज इतना उतावलापन कैसा?"

"यह तुम बोल रही हो? मूढ़ औरतों की तरह बहस करना भी आ गया है? मैं पूछता हूं, इस परिणाम के लिए कब समझौता

किया, किस बात में?

चारों ओर से बंद कोठरी। सब कुछ उलझकर रह गया था। इतने बड़े बिखराव को जिस तरह कोई एक कारण न था उसी तरह कोई एक समाधान भी न था। ढलती हुई वय और बढ़ते हुए झंझट। शुरू में ही सहल रास्ते ढूंढ़ने की आदत और अब इतनी दूरी के बाद नये अवरोध समेटने की तैयारी की अजीब-सी समस्या।

विभू के स्वभाव में अजीब-सा हठीलापन आ गया था और उससे किसी भी विषय पर सीधी बात करना असम्भव-सा लगता, उसके मन की टोह लेना कठिन जान पड़ता और लगता वह किसी निर्णय पर पहुंच चुकी है। इतने वर्ष साथ रहने के बाद अचानक ऊब जाना अस्वाभाविक भी तो नहीं होता।

उसके निर्णय की गम्भीरता का अनुमान करते चुप-सा मैं उसके मुंह को ताकता रह जाता। एक अजीब-सा संशय हम दोनों के बीच उठ खड़ा हुआ था। इस आकस्मिक बवण्डर के लिए स्वयं को तैयार करने में मैं कठिनाई महसूस कर रहा था। एक प्रकार का छलावा धीरे-धीरे बारह वर्ष की सद्‌भावना को निगलने लगा था। घर में घुसते ही दम घुटने को होता और अन्दर की बात गले में ही अटककर रह जाती।

बच्चे न होने के बावजूद हम लोग सुखी थे और बारह वर्ष में इस ओर विभू ने कभी रुचि जाहिर नहीं की थी। ढलती आयु में इस तरह उसका सख्त पड़ना मुझे अच्छा नहीं जान पड़ा था। आकस्मिक रूप से अंकुर फूटा हो, ऐसा नहीं था। मुझे पूरी तरह से विश्वास हो चला था विभू ने समझ-बूझकर कार्य किया था और जाल बिछाकर मुझे ठगा था। आश्वस्त होने के बाद से वह स्वयं में लिप्त रहने लगी थी और मुझमें उसकी रुचि कम हो गई थी। वैसा परिवर्तन उसके स्वभाव में पहली बार लक्षित हुआ था।

यूं बच्चे के आने या न आने से मुझे विशेष अन्तर नहीं पड़ता; लेकिन बच्चे और विभू के लिए उठने वाली समस्याएं मेरी चिन्ता का कारण थीं। "आश्चर्य तो इस बात का है, तुम्हारे मन में बच्चे के लिए उत्सुकता क्यों नहीं।" शुभदा ने बच्ची का भार मुझे सौंपना चाहा, तो मैं साफ बचकर निकल गया था। कोई बच्चा देखता हूं, तो उस समय के उत्तरदायित्व से भाग निकलने की अपनी कमजोरी से सामना करने की हिम्मत चूर होती जान पड़ती है और अब अचानक विभू बच्चे के प्रति मेरी विरक्ति का कारण पूछ रही है।

सोचते हुए मैंने कहा था, "आश्चर्य मेरी उत्सुकता के अभाव पर नहीं, अचानक तुम्हारे बच्चे के लिए रुचि पर होना चाहिए, इतने वर्षों बाद आखिर इस तरह के रवैये का मतलब क्या है?'

बच्चे के अभाव को लेकर विभू मन-ही-मन कोई भावना पाले रही हो, तो मुझे पता नहीं था। मैंने अपनी उदासीनता छिपाने का कभी कोई कारण नहीं समझा था। सच बात तो यह है कि लोग व्यर्थ संतान से सुख की उम्मीद रखते हैं। जितनी चिन्ता हम एक बच्चे को लेकर करते हैं उतनी यदि बुढ़ापे के लिए करें तो अधिक सुरक्षा का प्रबन्ध हो सकता है। बच्चे हमेशा हाथ फैलाए रहते हैं और आस बांधे रखते हैं कि बड़-बूढ़ों के पास जो कुछ भी है लूट-खसोट लें।

विभू के छिपाकर बिना मुझसे बात किए अपना मन्तव्य प्राप्त करने की भावना के पीछे वर्षों पहले की एक शाम के साथ मुझे गहरा सम्बन्ध दिखाई पड़ता है। चाय का घूंट भरते हुए विभू ने पूछा था, "आखिर तुम्हें बच्चे अच्छे क्यों नहीं लगते?" मुझे आज भी याद है कैसे हलकी मुस्कराहट के साथ मैंने कहा था, "बस, नहीं लगते। क्यों नहीं लगते यह भी कोई बात है!"

विभू के मूक भाव से मैं समझ गया था, उसे बुरा लगा था।

अस्पष्ट-सा उसने सुझाव दिया था, "अपना न सही, गोद तो ले सकते हैं।"

"अपने या गोद लिए में विशेष अन्तर नहीं होता। तुम्हें इतनी-सी मूलभूत बात तो जानना ही चाहिए कि बच्चे को विधिवत् मां-बाप की आवश्यकता होती है और हम उसे पैदा करने के बावजूद संरक्षण देने की स्थिति में नहीं हैं।"

"मैं नहीं समझती कोई दिक्कत पैदा होगी। अब वैसी सम- स्याएं समाप्त हो गई हैं।"

लगा था अपनी बात मैं उसे समझ नहीं पाऊंगा। बच्चे की आड़ लेकर सम्भवतः वह अपनी सुरक्षा का प्रबन्ध करना चाहती थी। उसे भय था कि विवाह के प्रस्ताव को मैं मानूंगा नहीं। उसे साफ कह देना चाहिए था। निर्णय टलता चला आ रहा था। मेरी तो दृढ़ राय थी कि उसे अपनी मूर्खता का निदान कर डालना चाहिए।

लाल-पीले पुलओवर और टोपी पहने बच्चों को देख-कहीं भी वह रास्ते में रुक जाती और उंगली के इशारे से बत-लाती रहती कि उसे किस प्रकार के बच्चे दरकार थे। चीखें मार उत्पात करने वालें बच्चों की प्रशंसा के पुल बांधती निर्विकार भाव से वह बतियाती चली जाती।

मैंने सोचा था एक बार खुलकर विभू में बात करूंगा; पर ऐसी कौन-सी बात थी जो वह जानती न हो! उसके हठ पर मन ही-मन मैं क्षुब्ध रहने लगा था।

मैंने कहा था, "डाक्टरों का मत है, अधिक आयु में शिशु प्राप्त करने वाली स्त्री को कष्ट भोगना पड़ता है। बच्चा तुम्हारे लिए इतना ही महत्व रखता था, तो पहले ही क्यों नहीं सोचा? अब—इतनी देर बाद—इतनी मुश्किलों के बीच।"

"क्या मुश्किलें हैं। तुम्हारे ऊपर कोई प्रतिबन्ध नहीं। नैतिक जिम्मेदारी भी नहीं। यह मेरा निर्णय हैं। बारह वर्ष तक

हमें ही जब किसी अड़चन का सामना नहीं करना पड़ा, तो आगे को कौन बाधाएं मिलेंगी, मैं नहीं समझ पा रही। तुम व्यर्थ डरते हो।"

अन्ततः विभू साधारण मूढ़ स्त्री की तरह हठ पर उतर आएगी मुझे उम्मीद नहीं थी। घाटी के अकेलेपन में घबराकर ही उसने बच्चे की कल्पना की थी, ऐसा मेरा विश्वास था। मैंने स्वयं को अपमानित महसूस किया था। साथ ही जिन जटिलताओं से मुझे भय था विभू उन बातों को कोई महत्त्व ही नहीं देती थी।

गुस्से में आकर मैं कह गया थी, "बच्चे का मेरे यहां कोई स्थान नहीं।"

कड़ाके की वह ठण्ड, जो हड्डियों में धंसने लगती है और जिसमें सांझ जल्द ही घिर आती है, अभी शुरू नहीं हुई थी, फिर भी पीठ में दर्द शुरू हो गया था। वर्षों की ठण्ड और सीलन के कारण पीठ पर लगी चोट हरी हों आती है। घाटी में आने के पहले वर्ष ही घोड़े से गिरकर कमर में चोट आई थी। शुरू के साल कभी महसूस ही नहीं हुई। पीठ के दर्द के साथ ही निष्क्रियता का दौर-सा आता है और बिस्तर से निकलने का मन ही नहीं होता।

आदमी कितना भी तटस्थ होने का प्रयत्न क्यों न कर ले, अपनी सही भावना को नहीं समझ पाता। बच्चे को लेकर विभू इतनी गम्भीरता न अख्तियार करती तब भी शायद साथ रहना दूभर हो उठता। जब उचित कारण नहीं रहता, तो हम घुमा-फिराकर स्वयं को तसल्ली दे लेते हैं। शायद हम दोनों ही पहल करने से बचना चाहते थे। एक-दूसरे को बताए बगैर पूरा-पूरा दिन बाहर रह जाने के पीछे भी एक प्रकार से सामना होने पर उत्पन्न होने वाले दुराव में बचने का उपाय करना था।

मेरी जरा-सी बात का विभू इतना बुरा मानेगी, मैंने कभी

सोचा भी नहीं था। चाहने की बात अलग होती है। बच्चे के लिए कहे गए मेरे शब्दों को उसने अपने लिए लिया था और बारह वर्षों में पहली बार घर छोड़ दिया था।

अकेले आदमी की भावना का महत्त्व ही क्या होता है। एक की भावना रखने में सौ की आहत होती है। नये सिरे से शुरू करने के लिए एक उमंग की जरूरत होती है।

शुभदा के लिए मैंने स्वयं को कभी दोषी नहीं माना। पर बच्ची का क्या दोष था! विभू अपने ढंग से चलना चाहती है, तो किसी हद तक सही भी है। नई समस्याओं के अंकुर। मेरे लिए कितना कठिन था। विभू ने निर्णय कर लिया है, तो दोनों ही नये सिरे से शुरू करने को स्वतन्त्र हैं; पर फिर से तलाश के लिए जो होना चाहिए वह मेरे अन्दर नहीं था।

मुनव्वर हमेशा कहता, "लगे रहना चाहिए। कभी भी नये सिरे से शुरू किया जा सकता है। केवल दृढ़ता की बात होती है।" यहां इस घाटी की मिट्टी से उसे लगाव है। अपने भटकाव के मध्य हमेशा वह यहां लौटता रहा है। लौटने पर कुछ दिन शिकायतें, हितों के टकराव और स्वार्थ की बातें लिए रहता। कुछ ही दिन में सब भूल जैसे ताजादम हो उठता। हम थे कि यहां आकर कभी लौट नहीं पाए। प्रेरणा ही नहीं होती। विभू के लिए एकमात्र कारण बच्चा ही रहा हो मैं नहीं मानता। इस खालीपन को तोड़ने के लिए ही उसने घर छोड़ने का निर्णय लिया होगा, ऐसा मैं स्वयं को समझाता रहा हूं।

विभू की अनुपस्थिति का लाभ उठा शाम को कोई-न-कोई आया ही रहता है और देर रात तक बैठक जमी रहती है।

मुनव्वर कहता, "अब की मेरे साथ तुम भी बम्बई चलो। लौटकर आने पर वह लड़की तुम्हें यहीं प्रतीक्षा करती मिलेगी।"

पीते-पीते उनका चेहरा लाल हो उठता और आंखें बाहर

आने को होती, "तुम बहुत लकी हो और वह भी। बारह साल साथ रहने के बावजूद वह क्वांरी बनी रही और तुम्हें कुछ देना भी नहीं पड़ा।"

"मुनव्वर नहीं नशा बोल रहा है।" मैं कहता।

"नहीं, यार! मैं सीरियसली कह रहा हूं। नशे में आदमी ईमानदार हो उठता है और न चाहकर भी सच बोलता है। यही तो कमाल है इस चीज का। मैं सच कहता हूं, जब तुम लौटकर आओगे वह यहीं मिलेगी।"

"तुम उसके बारे में कुछ नहीं जानते। वह बहुत स्वाभिमान रखती है और मुझे लगा था अब वह एक दंभी बच्चे को जन्म देने जा रही है, जो बड़ा होकर उसके मुंह पर थूक देगा और मेरे पर भी। विभू को गर्व है कि वह बच्चे को अपने ढंग से पालेगी और जैसा चाहेगी वैसा ही बनाएगी। उसे पता नहीं, बनाए जाने से कोई नहीं बनता। हवा का असर बहुत जहरीला होता है।"

टहनियां हिलकर हलकी-सी सरसराहट पैदा कर रही थीं और कोई ध्वनि नहीं थी। दिन को हलचल शुरू होने से पहले वाली हवा की अपनी गंध होती है। सर के नीचे हाथ दिए सीधा निरुद्देश्य पड़ा मैं बाहर की आवाजें पकड़ने की कोशिश कर रहा था। उठने की कोई मजबूरी नहीं थी। विभू रहती, तो छुट्टी के दिन भी किसी-न-किसी बहाने उठा ही डालती। अकेले आदमी के पास न कट सकने वाला बहुत-सा समय बच जाता है। सोचा था कुछ दिन किसी से भी मिलने नहीं जाऊंगा। बस पड़े रहना। पांव हिलाते हुए लिहाफ को अलग कर दिया था। बैठते हुए

सिग्रेट सुलगा ली थी और बाहर ताकता रहा था।

इतनी सुबह घर से निकलने की गलती कैसे की जा सकती है। बिन्नी को सामने पाकर मुझे आश्चर्य हुआ था।

"विभू को निकालने का तुम्हें कोई हक नहीं था।" बिन्नी ने सीधा प्रहार किया था।

"जब चाहें लौट सकती है।"

"सच्चा साबित होना चाहते हो। ऐसी स्थिति ही क्यों उत्पन्न हुई?"

"मैं किसी भी स्थिति के लिए जिम्मेदार नहीं हूं।"

"इतने वर्ष उसने धैर्य से काम लिया। तुम हमेशा अवहेलना करते रहे और वह सहती रही। शराब पीकर तुम बकते रहे और वह सुनती रही। सिलसिलेवार जीवन का अभाव और सुरक्षा से वंचित वह तुम्हारे साथ जुड़ी रही। यह सब बातें याद दिलाने की जरूरत महसूस कर मुझे शर्म हो रही है।"

"तुम्हारा खयाल था शर्म मुझे महसूस होनी चाहिए। अच्छा हो तुम मुझे सारी बातें विस्तार से ही याद दिला सको तो।" मेरा झगड़ा मोल लेने को मन हो रहा था।

"जानते हो वह कितनी दुःखी है?"

"शायद पूरी तरह से नहीं जानता।"

"मैं तुम्हारे साथ बहस करने नहीं आई। दूसरे के व्यक्तिगत मामलों में दखल देने से जलील काम शायद ही कोई हो। पर हम मित्र हैं, सोचो, जैसी विभू वैसे तुम। मैं यह नहीं कहती, सारा दोष तुम्हारा है। पर इस तरह से···"

"अच्छा होता तुम उसे साथ ही ले आतीं।"

"तुम जाकर ले क्यों नहीं आते?"

"वह स्वेच्छा से गई है। तुम चाहोगी कि मैं उस पर किसी प्रकार का दबाव डालूं?"

"तुम लोग शादी क्यों नहीं कर लेते?"

"उससे पूछ लिया है?"

"तुम दोनों में ही कहीं जबरदस्त नुक्स है। उसे तैयार करना मेरा काम है।"

"पहले उससे बात कर लो।"

"तुम उसे लेने नहीं जाओगे?"

"कहां जाना होगा?"

बिन्नी से कोई उत्तर नहीं बन पाया था। कुर्सी पर आगे झुकते हुए वह आंखें सहलाने लगी थी। अकसर हम ऐसे जाम होकर रह जाते हैं कि आगे-पीछे दोनो ओर के रास्ते अवरुद्ध जान पड़ते हैं।

"तुम लोगों की शुरुआत ही गलत थी। अपवाद में कहीं-न-कहीं दोष अवश्य होता है। नियम-भंग को तुमने हमेशा श्रेय के रूप में लिया पर निभा नहीं सके। मैं जानती हूं अन्दर-ही-अन्दर इस बिखराव पर तुम पछताते होगे। तुम लोगों ने नींव गलत ढंग से डाली थी। अपने असली माहौल से भागकर।"

पिछले बारह वर्षों में जिस बात को लेकर बिन्नी ने कभी आपत्ति नहीं की थी आज अचानक महत्त्वपूर्ण हो उठी थी। नियमों को इससे पहले उसने कभी महत्ता नहीं दी थी। आपसी समस्याएं पैदा न होती तो संभवत: आज भी यह सब कहने की उसकी हिम्मत न होती।

मुझे चुप पा सहसा उसने रुख बदल लिया था, "कितनी ठंड है। एक कप चाय के लिए भी नहीं पूछा तुमने?"

चाय के लिए उठते हुए मैं समझ गया था बिन्नी के पास भी कोई समाधान नहीं है।

ऐसा तूफान घाटी में वर्षों से नहीं आया था। भयंकर सांय-सांय घड़घड़ाहट में बदल दीवारों को भेद अन्दर दाखिल हो जाना चाहती थी। ऊपर आबादी के इलाके की तुलना में यहां घाटी में सूनापन और अन्धकार ज्यादा हिंसक हो उठता है।

सुनसान सड़क पर तूफानी हवाएं गुर्राती निर्विरोध दौड़ लगाने लगती हैं। पूरे बदन में कंपकंपी दौड़ गई थी, जैसे सारे शरीर पर अपना कोई अधिकार ही न हो। वैसी कंपकंपी ठंड के कारण नहीं होती। मौसम भयंकर हो उठता था। भयंकर तीखी हवा सब कुछ साथ उड़ा ले जाना चाहती थी।

बारह वर्ष के लम्बे अरसे के बावजूद यहां की ठंड को बर्दाश्त करने में मैं असमर्थ रहा था। अकेलापन भी भय और ऊब को बढ़ा देता है। तूफान को इतना महसूस नहीं होना चाहिए। सहसा लगा था तूफान न भी होता तो इस बदहवासी से निजात नहीं थी।

तीसरे कमरे में विभू जैसे चुपचाप सो रही हो। इधर क्यों नहीं आ जाती, कब से पूछना चाह रहा था उससे। यह तो भूल ही गया कि क्या पूछना था। बार-बार ऊपर को उठकर बात आती है और फिर दबकर रह जाती है। कैम्प में कब चलना है, डाक्टर डेनियल कई बार कह चुकी हैं। कैप्टन नाम ही भूल गया, कैसे चमक उठता हैं। विभू का साथ उसके लिए कैसी खुशी लेकर आता है। कितने दिन हो गए, कभी कोई दावत नहीं की। कई बार कहता हूं हर हफ्ते किसी-न-किसी को बुलाते रहना चाहिए। तूफान तो अब भी आ रहा है, कहां आ रहा है व्यर्थ ही!

हाथ-पैर कांपते चले जा रहे हैं। तूफान की वजह से नहीं तो! कमर का दर्द फिर उभर आया है और विभू भी नहीं है। पीठ पर हाथ भी तो नहीं पहुंचता है। आयोडेक्स कहीं रखी होगी। शायद तीसरे कमरे में हो। कितनी ठंड है! पीठ बिस्तर से लग ही नहीं रही।

विभू—ओह विभू!

पागल हुए हो। करवट बदलो और पड़े रहो! जब दर्द और बढ़ेगा अपने-आप पांव उठ पड़ेंगे। उस कमरे तक जाने में कौन

जोर पड़ता है! बिस्तर ठंडा हो जाएगा। लिहाजा रजाई टांगों के नीचे दबाने तक कितनी हवा घुस जाती है!

मुनव्वर ठीक कहता है। बिन्नी भी। अब की मुनव्वर के साथ बम्बई चला जाऊंगा। बिन्नी को साथ लेकर विभू को ले क्यों नहीं आते? हवा की सांय-सांय में से रोने की-सी ध्वनि क्यों होने लगती है? शायद बाहर कोई खड़ा है। कोई भी तो नहीं। विभू के पास तो अपनी चाबी होगी। उठकर देख क्यों नहीं लेते? लिहाफ टांगों के नीचे दबाने तक तो सारा बदन ठंडा पड़ जाएगा।

सिरे ख्वाब कुछ माने नहीं रखते। मुनव्वर ठीक ही कहता है। केवल पहल करने में काम नहीं चलता, पूर्ति की लगन भी होनी चाहिए। जिन्हें दूर जाना होता है वे रातों में भी चलते हैं। बारह वर्ष फूंक डाले। अब क्या होगा? न घर के रहे, न घाट के। अब भी कुछ नहीं बिगड़ा। आगे के लिए ही चेत जाओ। बम्बई में क्या रखा है? दुनिया बहुत आगे निकल चुकी है। ठहर हुआ पानी गंदा हो जाता है। मुनव्वर द्वारा आकस्मिक हिलाये जाने पर थोड़ी देर के लिए पैदा होने वाली झनझनाहट का कुछ अर्थ नहीं होता।

दाढ़ी कितनी खुरदरी हो गई है। रेजर चलने से इनकार कर रहा है। हाथ भी नहीं चलना चाहता। गंदले हरे रंग के धब्बे। एक ही दिन में चेहरा पुतकर रह जाता है। एक ही ब्लेड से बीस शेव। लोग चौंकाने में सुख पाते होंगे। कोई भी ब्लेड एक शेव से आगे बढ़ने को इनकार कर देता है। ऊपर से नीचे की ओर। ठुड्डी पर गोलाई में। कट—ट। गंदले हरे रंग में चींटियां रेंगने लगती हैं। बढ़ने क्यों नहीं देते? एक दिन। दो दिन। कोई टोकने वाला नहीं।

विभू दूसरे ही दिन पूछ लेती, "आज शेव नहीं बनाई न। जाओ···हटो···हटो···गन्दे।"

एक···दो···एक···एक···दो···एक···मुड़ो। पीठ का दर्द फिर उभर आया है। आयोडेक्स क्यों नहीं मलते? छोड़ों नावलजीन ही खा लो। दिन में तीन बार। शायद विभू के ड्रार में कोई रखी हो।··· उधर क्या कर रहे हो? कुर्सी इधर ही डाल लो। अभी चाय बनी जाती है। तुम तो सीख लो—क्या कहा तुम्हें आती है बनानी? वह कोई चाय होती है! कहवा तो सभी बना लेते हैं। पहाड़ों की दुकान जैसी फूहड़ चाय तो कोई भी बना सकता है। चाय बनाने का भी सलीका होता है। पहले केतली को गर्म कर लेना चाहिए। होंठों तक तपती गर्म चाय न पहुंची तो कोई स्वाद हैं? उबलता हुआ भाप वाला पानी पत्ती न छुए तो चाय क्या हुई? चीनी अपने टेस्ट की स्वयं डाल लो। याद से मिल्कमेड टिन पकड़ते आना। सारा दिन घूमते रहते हो और शाम हाथ लटकाए लौट आते हो। कल चाय नहीं मिलेगी। दो टिन इकट्ठे ही ले आना, कौन खराब होते हैं।

बारह वर्ष पहले घाटी की चप्पा-चप्पा देखने की उत्सुकता। नये दिन, नया प्रोग्राम और उस वर्ष घोड़े की पीठ से गिरने पर कई दिन अस्पताल में कटे थे। गिराने के बाद घोड़ा स्तब्ध खड़ा रहा था। गिरने पर तो चोट का आभास ही नहीं हुआ था। घोड़े की आंखों का आतंक भाव—जैसे कुछ गलत करने के बाद आंखों में भर उठता है—वैसे का वैसे आज भी सामने उभर आता है। एक समय था—लगता वर्षों पहले—ऐसी ही कड़ाके की ठंड में पीठ का दर्द बढ़ जाता तो विभू सहारा देकर अपने कमरे में ले जाती। कम्बल और लिहाफ जोड़ते हुए आराम करने को कहती है पेट के बल लेटने को कह कन्धों से पीठ तक धीरे-धीरे दर्द दब जाने तक सहलाती रहती।

8

कभी भी जब केवल अपने साथ होने की इच्छा होती कैम्प को जाती सड़क पर पैदल ही निकल लेता। कई बार स्वयं को मीलों बाहर निकल आया पाया था। सोचते हुए ऊहापोह में भविष्य की सही तसवीर की तलाश में अकसर दिमाग भटककर रह जाता और निष्कर्ष पर पहुंचे बगैर ही लौटना पड़ता।

कहीं से लौटने के बाद विभू हमेशा चिड़चिड़ी हो उठती। क्रोध को दबाने की कोशिश में वह चुप रहने की अभ्यस्त हो चुकी थी और प्रश्नों के उत्तर में संक्षिप्त एक-दो शब्द बोलकर रह जाती। अन्दर-ही-अन्दर बड़बड़ाती रहती और फिर बहुत दबाते रहने के बाद एकदम भड़क उठती। पिछले दिनों वह हमेशा भरी-भरी रही थी और उस विस्फोट की तैयारी करती रही थी जो घर छोड़ने से पहले फूट पड़ा था।

बारह वर्ष पहले की विभू और आज की विभू में कितना अन्तर आ गया है! इस समय उन्मुक्त भाव से हर बात को मान जाने वाली विभू की आवाज में अलग ही थिरकन थी। बाहर से आने वाले लोगों के सामने वह रुक रुककर शब्दों पर दबाव डाल बोला करती। इधर उसकी आवाज में तीखापन झल्कने लगा था। तब वह बहुत ही सहनशील थी। शुरू में उसकी

सहनशीलता से प्रभावित भी बहुत हुआ था। उन दिनों उसे नृत्य का शौक था और वह शास्त्रीय संगीत में भी रुचि रखती थी। घाटी में आने के निर्णय के साथ ही उसका नृत्य छूट गया था और उस समय इस बात की उसे कोई शिकायत नहीं थी। वर्षों बाद तनाव उत्पन्न होने पर और गिलों के साथ एक यह भी शामिल हो गया था कि मेरी वजह से उसका नृत्य के क्षेत्र में बनने वाला अच्छा-खासा स्थान नहीं बन पाया था।

इधर शिकायतों के सिवा कुछ रह ही नहीं गया था। विभू के साथ तनाव में अभी तक मुझे अपना विशेष दोष दिखाई नहीं दिया था। उसी ने बच्चे को जन्म देने का निर्णय लेकर हम दोनों के बीच हुए मूक समझौते का उल्लंघन किया था। पर जिस तरह उसने अन्तिम प्रहार किया था, मैंने स्वयं को कटघरे में महसूस किया था।

"मेरे प्रति जिम्मेदारी महसूस करना कब का छोड़ चुके हो तुम, कभी सोचा है? मैंने हर बार नये सिरे से सोचा है और मानती रही हूं कि तुम्हारे व्यवहार का परिवर्तन अस्थायी है। तुम बचना ही चाहते हो, तो ठीक है, फिर मुझे भी हक है कि कुछ निर्णय अपने लिए स्वयं ले सकूं।"

विभू की आवाज तीखी हो उठी थी। उत्तेजना के बिन्दु को पारकर अब वह सीसे की तरह उबल पड़ेगी, इसका अहसास और कोई उत्तर न बन पड़ने की विवशता में मैं चुप रह गया था। कुछ होने पर उसकी आंखों में चमक आ जाती। पिछले बारह वर्षों में उसके रोष को संभालाना कभी इतना कठिन नहीं जान पड़ा था।

कैम्प में हवाई अड्डा भी बन गया है। नीले साफ आसमान में कहीं दूर से आती हवाई उड़ानों की आवाज़ अकसर सुनाई देती रहती है, पर जहाज दिखाई नहीं पड़ते। ढूंढ़ने के लिए आंखें चारों ओर घूमती हैं तो आसमान गोलाकार पिण्ड की तरह जान पड़ता है। नीचाई पर आंखों के सामने से सर्रं में निकल जाने वाले जहाज की आवाज और ही तरह की होती है।

छत पर से घाटी का एक विस्तृत दृश्य दिखाई पड़ता हैं। दूर तक हरियाली घनी होती हुई स्याह और भयंकर जान पड़ने लगती हैं। बीच में कहीं-कहीं रेल की पटरी भी दिखाई पड़ जाती है। एक ओर सूने-सूने से सिगनल के खम्भे और आउटर का छोटा-सा केबिन यतीम सा दिखाई पड़ता है। आगे-पीछे कोई इमारत न होने पर केवल एक ही मकान किसी एक भूखण्ड में कितना अजीब जान पड़ता है। पेड़ों की ओट में कभी-कभी केबिन पूरी तरह छिप जाता है और भ्रम होता है कि यहां कुछ था ही नहीं।

विभू, बिन्नो, शुभदा, मुनव्वर और कितने सारे लोग एक तरह से कितने पास थे कि जब चाहो हाथ बढ़ाकर छु लो। कितनी खोखलो होती है वह निकटता। मस्तिष्क की भीतरी तह में जहां कोई नहीं झांक सकता, जहां हम अकेले ही पहुंच पाते हैं—जो एकदम अलग-अलग और सूना-सा होता है—और जिसमें पुरानी बातें, भय और अच्छे-बुरे की पहचान का प्रश्न भरा रहता हैं—निकटतम लोग भी कितने अर्थहीन हो उठते हैं ! उन तहों के बीच हम निरन्तर हमेशा-हमेशा के लिए अकेले होते हैं।

एक तरह से विभू का कुछ भी करना अप्रत्याशित नहीं था। विगत के साथ जुड़े रहना गलत ही होता है। घाटी के बारह वर्ष भी कोई एक सम्पूर्ण अहसास नहीं पैदा कर पाए। उन वर्षों का एक-एक दिन हमारे जीवन का अलग खण्ड था, जिसका पिछले या

अगले दिन से संबंध जोड़ना एक तरह की भावुकता थी। आघातों को सहने के लिए हमें तैयारी की आवश्यकता नहीं थी। शुरू से ही हमे वैसी आदत हो गई थी। हर काम दूसरे को बताकर किया जाए यह भी आवश्यक नहीं होता।

चूंकि मैं वैसी सूचना के लिए तैयार नहीं था, विभू के बताए जाने पर चकित-सा रह गया था। फिर अन्दर का तनाव फैलकर हम दोनों के बीच हावी हो गया था। दो दिन तक हमने एक-दूसरे से कुछ भी नहीं कहा था। चुपके से अपने-अपने पक्ष की तैयारी करते रहे थे, ताकि सामना होने पर मजबूती से अपनी बात कह सकें। स्वचालित-सी दिनचर्या चलती रही थी और जानते हुए भी कि दोनों एक ही विषय को लेकर उद्वेलित हैं मन की बात कोई नहीं कह रहा था।

शाम को घूमते हुए हम ऊपर मार्किट में चले गए थे। विभू ने अभी से सावधानी बरतनी शुरू कर दी थी। कैफे में बैठने पर तेज-ब्लैक काफी के बजाय अपने लिए उसने चाय का आर्डर दिया था।

"बहुत चुप-चुप हो?" विभू ने कहा था।

"तुम भी तो।"

साथ-साथ चलते हुए और कैफे में बैठने तक हम लोगों में कोई बात नहीं हुई। सफाई-सी देते हुए मैंने कहा, "मैं तो अपने खयालों में ही खो गया था। बात कहां से करता?"

"क्या सोच रहे थे? अपने पिता बनने के बारे में? लगता है बच्चे की घोषणा से तुम्हें अघात पहुंचा है। तुम स्वयं को इस योग्य भी नहीं समझते कि एक बच्चे का उत्तरदायित्व निभा सको?"

चाय आ गई थी। बैरा एक-एक तश्तरी मेज पर आहिस्ता से टिका खाली कप उनमें लगा रहा था। बैरे के मुड़ने के बावजूद मैं कुछ कह न पा रहा था। विभू सर झुका चाय बना रही थी

और लग रहा था उसे मेरे उत्तर की प्रतीक्षा है।

"मैं समझता हूं हमें गम्भीरता से सोचना चाहिए।"

"इसमें गम्भीर होने की क्या बात है? अगर किसी को चिन्ता होनी चाहिए तो वह मैं हूं। मुझे तो कोई घबराहट नहीं।" जैसे कोई गलती महसूस हो गई हो। आवाज को नर्म बनाते हुए उसने कहा था, "मानती हूं तुम्हारे लिए बच्चे का आना थोड़ा आकस्मिक अनुभव हो। विशेषकर इसलिए भी कि तुमने इस दिशा में कभी सोचा नहीं।"

उसकी बात काटते हुए मैंने कहा था, "धक्का देने वाले अनुभव होने की बात नहीं है। प्रश्न यह है कि हम बच्चे के मां-बाप बनना चाहते हैं या नहीं? तो मेरा निश्चित मत है कि नहीं।"

"तुम्हें यह भी समझना चाहिए कि मेरे अन्दर जो पल रहा है वह एक जीव है। चलता-फिरता। वर्षों हम लोग साथ रहे हैं उसका स्वाभाविक प्रभाव। एक आवश्यक परिणाम।"

"इस स्थिति की तुम जिम्मेदार हो। तुमने मुझे धोखे में रखा।"

"जैसा तुम कहते हो मान लिया, मैं ही जिम्मेदार हूं; पर अब तो वह बन चुका है। मेरे अन्दर हरकत कर रहा है।"

"तुम्हें छल नहीं करना चाहिए था।"

"कोई भी स्त्री इस स्थिति में यहीं करती। तुम स्त्री के अन्दर चलने वाले द्वंद्व और शंका को नहीं समझ सकते। हर स्त्री जब तक मां नहीं बन जाती उसे संशय बना रहता है। जब वह मां बन जाती है तो उसे कैसा महसूस होता है, यह भी तुम नहीं समझ सकोगे। बारह वर्ष का बंजर जीवन मैंने तुम्हारे साथ जिया है, तो अब तुम्हें भी इस स्थिति को स्वीकारना होगा।"

अचानक विभू के अन्दर जो परिवर्तन हुआ था, उसकी संगति को मैंने महसूस न किया हो ऐसी बात नहीं; पर स्वयं को एक नई तरह के बंधन के लिए तैयार कर पाना मुझे कैद की

तरह लगा था और मैंने स्वयं को असमर्थ-सा महसूस किया था।

"दरअसल तुम सच्चाई से भागना चाहते हो। शायद इस कारण भी कि तुम बाप बन चुके हो और मैं···।"

"तुम भी तो एक बार···।"

"उस घटना का मुझे कुछ याद नहीं। मैं पूरी तरह से इस अनुभव से गुजरने के लिए स्वयं को तैयार कर चुकी हूं।···तुम अपनी बच्ची के बारे में कभी नहीं सोचते···तुम्हें अवश्य लगता होगा···कहीं-न-कहीं कोई-न-कोई है, जो तुम्हारा अंश है। तुम्हें कभी खयाल न आता वह कहां है, कैसी है?"

"बच्ची के बारे में सोचते हुए मैं डूबने लगता हूं। इसीलिए उसके विषय में बातचीत से मैं बचता रहता हूं। उसका पता लगाना भी तो असंभव था।"

"तुमने पता लगाने की कोशिश ही नहीं की, तो लगता कहां से?"

"पता लगने का लाभ निकलेगा, मुझे इस कारण भी दुविधा रही है। तुम शुभदा को नहीं जानतीं। तुम्हें पता नहीं है, तो इसका मतलब नहीं कि मैंने कभी प्रयत्न ही नहीं किया। मैंने ऐसे कई स्थानों पर, जहां से जानकारी मिल सकती थी, पत्र डाले पर उतर नहीं मिला। तुम क्या समझती हो मैं एकदम पत्थर हूं? इतने वर्षों में तुम्हारा यही अनुभव रहा है मेरे साथ?" जब कोई उत्तर नहीं देना हो तो कप उठा सिप करने की विभू की पुरानी आदत है। ऐसा भी लगा था वह कैफे में जमा भीड़ का जायजा ले रही है। मुझे लगा था, हम लोगों में अभी भी एक-दूसरे का दृष्टिकोण समझने की संभावना है, पर वह मेरी भूल ही थी।

"पुरानी बातें याद दिला तुम्हें चोट पहुंचाने का मेरा कतई इरादा नहीं था। समझ लो उत्सुकतावश पूछ बैठी।"

"पुरानी बातों की मुझे इतनी चिन्ता नहीं। मैं आगे की बात के लिए इच्छुक हूं। तुम्हारे लिए क्या हितकर होगा यह

तय होना अधिक महत्त्व रखता है। जितनी जल्दी निर्णय हो जाए, उतना ही तुम्हारे स्वास्थ्य के लिए अच्छा होगा। मैं समझता हूं डाक्टर डेनियल हमारी सहायता करने में झिझक नहीं दिखाएगी।"

"तुम यंत्रवत् ढंग से सोचने के आदी हो गए लगते हो।"

मैं समझ नहीं पाया था कि ऐसा क्या कह दिया था मैंने; पर विभू का पारा एकदम चढ़ गया था, "मैं किसी डाक्टर-वाक्टर से नहीं मिलूंगी। मैं अकेले भी संभल सकती हूं। तुम्हारे बिछाए जाल में एक क्षण भी और मैं नहीं फंसी रह सकती।" इससे पहले कि मैं कुछ कहता वह कैफे के बाहर हों ली थी।

उसके बाद एक वर्ष तक इन लोगों की मुलाकात नहीं हुई थी। विभू की शर्तों पर चलने के लिए स्वयं को तैयार करने के अलावा कोई रास्ता नहीं था। मेरी अपनी इच्छा, सुविधा या मान्यताएं मेरे लिए विशेष महत्त्व न रखती हों ऐसा नहीं है; पर बारह वर्षों के साथ को आसानी से झटक देना भी सम्भव नहीं होता। अनगिनत कमियों और विरोधों के बावजूद जब दो लोग इतना लम्बा समय इकट्ठे व्यतीत कर चुके होते हैं, तो ऐसे सेतु बन जाते हैं, जिन्हें तोड़ना पीड़ादायक हो उठता हैं।

घाटी में चलते हुए अब थोड़ी ही दूरी के बाद पांव दुखने लगते हैं। कोर्ट के अन्दर ठंड सीधे धंसती चली आती हैं और

घर के कमरों में सीलन-सी भरी रहने लगी हैं। कमर का दर्द कभी भी उभरने लगता है। विभू के तर्क और उत्तरदायित्व उठाने की चुनौती कुछ समझ में आने वाली बातें थीं। किसी निष्कर्ष पर पहुंचने के लिए कुछ समय की तो दरकार होती ही है!

अन्दर से एक आवाज यह भी आती, विभू को जब इतना ही अत्मविश्वास है, तो यूं ही सही। बच्चे के साथ ही उसे वापस लाना है, तो कभी भी लाया जा सकता है। एक वर्ष का समय दोनों के लिए आवश्यक था। नये सिरे से सोचने के लिए। एक-दूसरे को तलाशने के लिए। काफी भावुक-सी लगने वाली बात, जी होता एक वर्ष के लिए, और जरूरी हो जाए तो ज्यादा समय के लिए भी, कहीं लोप हो जाऊं; दूर, इस घाटी के पहचाने वातावरण से दूर। असफल, घुटने टेक, जंग खाए आदमी के दोबारा तनकर खड़े हो जाने की कहानी को लेकर वर्षों से उद्वेलित करने वाली पृष्ठभूमि पर एक किताब लिखूं! सफलता का ढोंग करने वाले उन सभी गद्दीधारियों को एक बार आइने के सामने ला खड़ा करूं, जो समय और परिस्थिति द्वारा उछाल दिए जाने के कारण स्वयं को प्रतिमा मान बैठे हैं।

यहां घाटी में एक मैदान है जहां पर घोड़ों को पहाड़ों पर चढ़ने और ठेले के आगे जुतने के लिए तैयार किया जाता है। मुंह में डालकर ऊपर को कानों तक ले जाई गई रस्सी को दूसरे सिरे से पकड़ घोड़े को एक निश्चित वृत्ताकार मार्ग पर दौड़ाया जाता है। मुंह में रस्सी की जकड़ और गोलाई में चल पाने की आदत के अभाव में घोड़ा जब-जब अटकता है पीछे से दूसरा आदमी हंटर लिए खड़ा रहता है। मार्ग से हटते ही हंटर पड़ता और घोड़ा अन्धाधुन्ध भागते हुए कभी पिछली टांगें उठाता है तो कभी अगली। हांफते-हिनहिनाते सहसा वह सधे हुए मार्ग पर सामने लगता है। बारह वर्ष के लम्बे जीवन के बाद उस सधे

मार्ग पर चलने के खयाल से सहसा सब कुछ अजीब हो उठता।

विभू के चले जाने पर घर भुतहा-सा लगने लगता है। दिन भर सोया पड़ा रहता हूं। रात को कभी भी जाग जाता हूं। हर रोज एक-सा दृश्य देखता हूं। मीटरगेज की छोटी-सी गाड़ी के खाली डिब्बे में बैठा हूं। गाड़ी की गति बहुत मन्द है। झुंझलाहट होती है। इंजन में पहुंच जाता हूं। स्पीड की बजाय हाथ ब्रेक पर पहुंच जाता है, फिर पीछे पहुंच जाता हूं। आगे की पटरियां दूर-दूर तक दिखाई पड़ती हैं। हेडलाइट की रोशनी फैलकर चारो ओर बिखर रही है।

फिर वही दृश्य। स्टेशन पर खड़ा हूं। गाड़ी की प्रतीक्षा—प्लेटफार्म के उस सिरे की ओर जिधर से गाड़ी आनी है दूर-दूर तक देखने की कोशिश—लगता है गाड़ी नहीं आएगी। उलझन में पड़ा लौटने को होता हूं। तीन वर्ष की छोटी-सी बच्ची पटरी पर खड़ी है···गाड़ी की रोशनी तेज हो जाती है। बच्ची को टहलाने के लिए दौड़ने की कोशिश करता हूं; पर भागा नहीं जाता। पांव धीरे धीरे उठते हैं।

हवा रास्ता रोक रही है। तेज सांय की आवाज···कमर का दर्द फिर बढ़ रहा है। पांव बार-बार उठने का उपक्रम करते हैं···तेज भाग पाऊं, तो बच्ची को बचाया जा सकता है···हमेशा से असफल···भागकर पटरी पर पहुंचने की उत्सुकता···दौड़ने का संघर्ष···हर बार देर हो जाती है···फिर दृश्य बदल जाता है। भाग नहीं सकता, चिल्ला तो सकता हूं। जोर से बोलता हूं। मुंह हिल रहा है, आवाज नहीं निकलती। मस्तिर के तेजी से गतिमान है···गला हरकत कर रहा है···आवाज नहीं निकल पाती। अगर बोल पाता, बच्ची सुन लेती, तो बच सकती थी। गाड़ी की गड़गड़ाहट से पटरियां हिलने लगी हैं। बच्ची कहीं दिखाई नहीं पड़ती। पसीने से नहाए नींद टूटती और फिर घट-

नाओं का क्रम में बदल पाने की लाचारी में पीठ के बल लेटे हुए और याद करते हुए पड़ा रहता। शेष दोनों क़मरे एकदम सुन-सान।

अब तो बहुत बड़ी हो गई होगी। पन्द्रह वर्ष की लम्बी अजनबी-सी दिखने वाली एक लड़की। विभू ने पूछा था बच्ची के बारे में मैं सोचता हूं कभी? शायद नहीं सोचा था। मात्र सोचने से होता भी क्या है? शुभदा ने उसके मन में मेरे लिए क्या-क्या भर दिया होगा? घृणा! इसी खयाल से उसे ढूंढने से बचता रहता हूं। शुरू के वर्षों में कभी इच्छा भी नहीं हुई थी। जैसे-जैसे समय निकलता रहा सहसा उत्सुकता बढ़ने लगी थी। अब?

शुभदा ईर्ष्यालु किस्म की स्त्री थी। नये सिरे से शुरू करना उसके लिए कठिन नहीं था। बच्ची भी भूल चुकी होगी। कोई समस्या नहीं थी। एक ही आदमी था जिसके लिए आगे-पीछे के सभी रास्ते बंद हो चले थे। सब कुछ होते हुए भी कुछ नहीं था। ताज्जुब होता, हो क्या रहा था। इस अन्त को पहुंचने के लिए कब चुना था! क्षुद्रताएं, बचकाने आरोप, बेबात आघात पहुं-चाने के यत्न। शुभदा के लिए वैसा करना सही था।

विभू और अपने बीच भी उन्हीं बातों को लेकर तनाव। हम सब शायद छोटी बातों के लिए ही बने होते हैं। छोटे-छोटे झगड़े थे जिनसे दोनों ही नीच साबित होते। जब दो लोग लम्बे अरसे तक साथ रह लेते हैं, तो ऐसा ही होता होगा। सभी के साथ। वर्षों साथ रहने पर हम एक-दूसरे के सही चेहरे को पह-चान जाते हैं जो हमेशा भद्दा ही होता है। एक स्थिति वह आ

जाती है कि अपने बीभत्स रूप पर हमें संकोच नहीं रहता।

मोटे पर्दे की तह के नीचे, खालीपन के लबादे के नीचे, घृणित प्रसंगों और उन्हें किसी से भी बांट न पाने की लाचारी को झेलता आदमी कितना असहाय हो उठता है! सोचते—निरन्तर सोचते स्वयं को यातना देते हुए लम्बे उबाऊ जीवन का क्रम, फिर भी हम हार नहीं मानते। सहसा अन्दर से कोई उठ खड़ा होता—क्यों? इतनी सन्ताप किसके लिए? समय और परिस्थिति ही महत्त्वपूर्ण होते हैं। उन्हीं के साथ आदमी को स्वयं को ढालना पड़ता है। मजे की बात है कि ढाल भी लेता है। विभू नहीं है, तो नहीं है। वहशी की तरह तनकर तर्क करता—बच्ची? कौन बच्ची? कौन शुभदा? केवल अपनी प्रसन्नता का महत्त्व होता है। एक अच्छी शुरुआत के बावजूद तुम फिसल गए।

वही घटिया भावुकताएं—बलवंत का तटस्थ चेहरा "कभी सोचा है मुल्क के हालात किधर जा रहे हैं? गरीब तो गरीब हैं हीं, अब अमीर भी गरीब होने जा रहे हैं।" मैं मात्र ताकता रहता हूं।

"ऐसे देख रहे हो जैसे निगल जाओगे।" मैं चुप ही रहने का निर्णय लेता हूं।

वह फिर चोट करता है, "कभी भविष्य की भी सोची है? केवल सोना काम आएगा।" उसकी आंखों में आतंक और सोना बनाने की भभक देखकर मैं भी तटस्थ रहता हूं।

वह फिर कौंचता है, "तुम्हें कोई चिन्ता नहीं।"

मैं एक शब्द का उत्तर 'नहीं' दे चुप रहना चाहता हूं।

सहसा अन्दर से कोई उठ कर खड़ा हो जाता हैं, "चिन्ता केवल पूंजीपति प्रवृत्ति के लोगों को हो सकती है या नेतागिरी करने वालों को। कल व्यवस्था बदल जाएगी और नये लोग पुरानों से गिन-गिनकर हिसाब चुकाएंगे। विरासत में कोई

किसी को कुछ नहीं दे पाएगा।"

मुझे लगता है मैं स्वयं से ही उलझ रहा हूं। बलवंत जैसे लोगों की असुरक्षा की भावना देख मुझे गहरे में अन्दर क्रूर-सी संतुष्टि मिलती है। एक वे लोग हैं जो अभाव के कारण असहाय हैं और एक वे हैं, जो इतना अधिक हैं कि सम्भाल न पाने के कारण आतंकित हैं।

अकेले आदमी का जीवन छिन्न-भिन्न-सा रहता है। न कोई दिनचर्या, न कोई रोक-टोक। सोचता हूं जब किताब लिखने बैठूंगा, तो बलवंत बहुत काम आएगा।

उन्माद का दोहरा-तिहरा और कृत्रिम जीवन जीने वाले लोगों को पर्त-दर-पर्त छीन डालूंगा। ब्रिटेनिका एनसाइक्लोपीडिया। कुछ और पढ़ने के लिए। लिखने के लिए, सतत याद दिलाने के लिए आंखों के सामने कुछ सामग्री रहनी चाहिए। लिखने-पढ़ने की भी एक विशेष गन्ध होती है। उंगलियों की पकड़ में चल रहे कलम और टाइप हो रहे कागजों में से उठकर एक विशिष्ट गन्ध निरन्तर ऊपर को चढ़ती रहती है। मूल सूत्र को बांधने का प्रयत्न करता हूं। एक बिन्दु—केन्द्र-बिन्दु—बिखरे बिखरे अस्पष्ट-से विचार—क्या लिखना है? कहां से शुरू होना है? कुछ भी तो समझ में नहीं आ रहा—अस्पष्ट··· अस्पष्ट। हताश कलम हाथ से छूट जाती है। सामने पड़ी एक किताब खोल लेता हूं। यहां भी मन नहीं जम रहा—सब कुछ उबाऊ-सा है।

एक नया सवेरा। कुछ करने को नहीं है। बिना मतलब पड़ा रहता हूं। मन्द गति से समय सरक रहा है। बैठ जाता हूं। कैम्प चला जाऊं? मुनव्वर को बुलवा लूं? बिन्नी को फोन करूं? इतनी सुबह कौन आएगा? शराब इस वक्त? हां हां, क्या हर्ज है! लिक्विड ब्रेकफास्ट। मन गवाही नहीं देता—हैंग ओवर—खालीपन। फिर से कलम उठा लेता हूं—विभू, एक

कप चाय तो दे दो। देखो डिस्टर्ब मत करना। बस चुपके से चाय रख चली जाना। इस वक्त मैं जबरदस्त मूड में हूं। काम के मूड में। तुम देख लेना एकदम हिट आइडिया है।

यह—हमारी यातनाएं क्षणिक हैं। स्थायी हों तो भी क्या अन्तर पड़ता है—अन्त में तो शून्य ही है—महाशून्य। मुझे तुमसे कोई शिकायत नहीं। तुम्हें हो तो बताओ। हो भी क्या सकता है? हम गलत घड़ी में पैदा हुए थे—अभावग्रस्त—संतुलन का अभाव सबसे बड़ी दरिद्रता होती है, फिर भी लोग हमसे ईर्ष्या करते हैं। नाटक बन्द करना होगा। बाहर सम्पन्न दिखने का, भरे-पूरे दिखने का, प्रसन्नचित दिखने का नाटक अब बंद करना होगा, सबके सामने। सबके बीच स्वयं को अभावग्रस्त मानना होगा।

गलत सोच रहा हूं। लोगों के जान जाने का भी क्या महत्त्व है। हम जहां भी हैं सही हैं—ठीक जगह पर हैं। किसी को हमारे अन्दर झांकने का हक नहीं है। हमारे अन्दर झांकने का किसी को भी हक नहीं है। मन्द गति से ही सही बहते चलना चाहिए।

घोड़े कहां जा रहे हैं? सम्भलकर बैठों—दायें गहरी खाई है—रास को खींचकर—बायां पलड़ा ढीला नहीं छोड़ना—तुम तो समझती हो मैं घोड़े की पीठ पर ही सो जाऊंगा। ऊपर—आसमान की ओर बढ़ते यह घोड़ा कहां जाना चाहता है? यह घोड़ा पागल क्यों हो गया है—बेकाबू—बेतहाशा—कहां दौड़ा जा रहा है?

पीठ में फिर दर्द होने लगा है। अभी भूल जाऊंगा। इस दर्द को हमेशा भुलाया जा सकता है। ऊपर से नीचे चलती हुई बिजली की लहरें। यह अन्दर इकट्टा क्या होता जा रहा हैं? यह अवयव जुड़ क्यों रहे हैं? एक कप चाय दे दो भई। मुझे पानी की बोतल भी चाहिए।

बिखरे हुए अणु धीरे-धीरे जुड़ने लगते हैं। बाहर धूप निकल आई है। हम बिखर सकते हैं, टूट नहीं। जाने दो। कितनी दूर जाएंगे? यह लचीले तन्तु भटककर फिर सिमट जाते हैं। हम सबमें सहने की अपरिमित शक्ति है। हम लोग बहुत मजबूत हैं। बोझ और यातना के बावजूद हमें दिनचर्या में लगना है। बाहर जाना है—फिर लौट भी आना है। दिन शुरू होता है तो बीत भी जाता है। एक और दिन शुरू हो गया है। हार मान ली है। बहुत थक चुके हैं। खालीपन भी है। तो भी यह क्रम तो चलते ही रहना है। रुकने का मतलब ही क्या है? मन्द-गति। द्रुतगति। देर हो रही है; पर कोई बात नहीं। पीछे छूट गए हैं तो भी पहुंच ही जाएंगे। बस चलते रहना।

जिन्दगी को खंडों में बांटकर नहीं जिया जा सकता। आदमी का एक व्यक्तित्व होता है और कमियों को समूह से अलग नहीं किया जा सकता। कुछ अभिनय-कुशल लोग भी होते हैं। हम उनमें से नहीं हैं। शुभदा भी नहीं थी। विभू भी नहीं। कोई भी नहीं। जीने के लिए खुद को धोखा भी देना होता है। देखकर भी अनदेखा करना पड़ता है। एक साल की बच्ची। दो साल की बच्ची। तीन साल की बच्ची। जिद्दी किस्म की बच्ची। शुभदा गहरी नींद में पड़ी है और पास लेटी बच्ची रोए जा रही हैं।—बच्ची सो रही है और नींद में रोने के लिए उसके होंठ चरमराते-से फैलने को हो सिकुड़ जाते हैं। सांसें चल रही हैं। अब मुसकरा रही है। सोते समय ही मुसकराए जा री है।—इससे आगे। शायद कुछ नहीं है।

मैं गहरी नींद सो रहा हूं। मेरे ऊपर झुका कोई हिला रहा

है। किससे बातें कर रहे थे? अधलेटा हो जाता हूं। विभू हंसी उड़ा रही है—जब देखो अपने-आप बड़बड़ाते रहते हो। क्या कह रहा था मैं? तुम ही जानो? मुझे तो कुछ याद नहीं। ज्यादा सोया मत करो। बर्राना तो खैर कोई बात नहीं, तुम्हारे दांत भी बजते रहते हैं। मैं सफाई पेश करता हूं—डाक्टर कहते हैं यह साधारण बात है। संशय और दुविधाग्रस्त जीवन और फिर भाग-दौड़। मैं समझती थी हमारे जीवन में कोई संशय नहीं। तुम्हारे और मेरे बीच यहां कोई है? शायद कोई नहीं। फिर भी पुरानी कुछ बातें हैं। बीते हुए अन्धकार। दांत किट-किटाने का यह अच्छा बहाना है। तुम्हें कुछ करना चाहिए। अब मैं कुछ करूंगा।

मुझे पता था मैं कुछ नहीं करूंगा। अकेला आदमी कभी कुछ नहीं करता। अकेला आदमी अस्थिर होता है। उसका कोई स्वाभिमान नहीं होता। उसका खालीपन उससे कुछ भी करवा सकता है। कुछ समस्याएं ऐसी भी होती हैं जिनका कोई समा-धान नहीं होता। व्यर्थ ही उन्हें सुलझाने के प्रयत्न में हम स्वयं को धोखा देते रहते हैं। चलते-चलते राहें अलग भी हो जाती हैं। पीछे देखे बगैर हम आगे बढ़ लेते हैं। रेल-पटरियों का इन्द्र-जाल। वर्षों बाद की बाहर की दुनिया। रेल चलने की आवाजें और मैदानों में पीछे छूटते पेड़ और खम्भे, कितने अजीब लगते हैं। पहाड़ों पर पेड़ और खम्भे घूमते-से जान पड़ते हैं।

एक निश्चित व्यक्ति बन जाता हूं। मुझे पता है मैंने विभू के साथ और शायद अन्य लोगों के साथ भी अभद्र व्यवहार किया है। शायद इतना बुरा मैं किसी के साथ भी नहीं किया जितना स्वयं के साथ। मैंने स्वयं को धोखा दिया है। मेरी लड़ाई अपने-आप से है। ज़िन्दगी में जो करना चाहता था नहीं कर पाया और जो होता रहा उसका अंग बनता चला गया। अब वह सब नहीं चलेगा।

आस्कर ठीक कहता है, "हमें केवल अपने लिए सोचना चाहिए, केवल अपने लिए जीना चाहिए।"

दूसरों के लिए सोचना ही मेरी सबसे बड़ी भूल थी। विभू का चले जाना ही ठीक था। उसने अपने लिए सोचा, अपने बच्चे के लिए सोचा। अब मैं मुड़कर नहीं देख सकता। अब मैं वैसा कोई काम नहीं करूंगा जिसमें मेरी रुचि नहीं। अब मैं उन लोगों के पास कभी नहीं बैठूंगा जो मुझे अच्छे नहीं लगते। अब मैं किसी से अपना कोई काम नहीं निकालूंगा। अब मैं किसी को अपना उपयोग नहीं करने दूंगा।

मैं पागल हो गया हूं? नहीं। मैं पागल नहीं हूं। मैं एक सही शुरुआत के किनारे खड़ा हुआ हूं। बारह वर्ष का लम्बा समय। इतना लम्बा समय कोई किसी के साथ कैसे रह सकता है? बेकार किए हुए वर्ष।

शुभदा से अलग होने के बाद के दो वर्षों में भी यही हुआ था। रेल पटरियों का इन्द्रजाल। बढ़े चलो, बड़े चलो—यह शहर मेरा पहले भी देखा हुआ है। वर्षों पहले मैं स्टेशन के बिलकुल सामने वाले होटल में रुका था। अबकी होटल में जाने की इच्छा नहीं हो रही।

किसी-किसी शहर का रेलवे स्टेशन कितना भयंकर होता है—जड़ प्राणलेवा! चारों ओर ऊपर तक अजनबी-सी गंध। कोई-कोई जगह सामान्य जगहों से एकदम भिन्न होती है। दैत्याकार इंजनों की गड़गड़ाहट और धुआं-मिश्रित हवा।

भाव न बैठने पर कुलियों का भटककर आगे बढ़ जाना। जिस गाड़ी से आप उतरे हैं जैसे छोड़कर आगे चली गई हो और पीछे कोई ठिकाना नहीं। सामने खुले-फैले शहर में पहचान का कुछ भी नहीं। कोई एक घर नहीं जहां कोई जानने वाला है। कोई आदमी नहीं जिससे बात कर सकें।

गाड़ी चलने में अभी दो घंटे हैं। डिब्बे में और भी एक-आध

आदमी हैं। कोट के कालर को सीधा कर सो जाता हूं। कब गाड़ी चली, कब भीड़ आई। टी० टी० ई० हिलाकर उठा देता है। टिकिट—कहता हुआ पास वाले लोगों के टिकिट चेक करता रहता है। आंखें मिलाए बगैर दुबारा टिकिट मांगता है। गुस्से को जज्ब करते हुए टिकिट उसके हाथ पर रखते हुए आंखें बन्द कर लेता हूं।

स्टेशन के सामने बने विशाल मैदान की ओर बढ़ लेता हूं। मैदान में कहीं-कहीं फूल उगाए गए हैं और पेड़ भी लगाए गए हैं। ज्यादातर जगह ऊबड़-खाबड़ है। एक ओर तो नल के चारों ओर गन्दे पानी का तालाब-सा बन गया है। बैठने लायक जगह दूर-दूर नहीं है।

सोचता हूं—विभू ने नये सिरे से शुरू करने का मार्ग चुना है। उसके चारों ओर हमदर्द लोगों की भीड़ है। बच्ची का जीवन भी शुभदा ने बना ही डाला होगा। क्या मैं ही सबका संरक्षक रह गया हूं। वे सब ठीक-ठाक हैं और भाड़ में जाएं।

पशु-पक्षी भी तो साथ-साथ रहते हैं; पर कोई किसी के लिए मरता नहीं। उतरदायी भी नहीं होता। जैसा हो रहा है उसी के अनुसार स्वयं को ढालना होगा। यात्रा में मुझे थ्री-टॉयर—टू टायर बर्थ नहीं चाहिए। बिस्तर भी नहीं। बहुत सारे कपड़े भी नहीं। इस मैदान की ऊबड़-खाबड़ जमीन और सीधी सिर में धंसती धूप में बड़ी आसानी से बैठा जा सकता है। रास्ते से हटकर मैं बैठ जाता हूं, फिर लेट जाता हूं।

एक ओर घटिया किस्म के होटलों की कतार है। सामने स्टेशन की लाल मीनारें चमक रही हैं। गोल काली घड़ी भी दिखाई दे रही है। सहसा कांटे सरकते जान पड़ते हैं। मैं प्लेट-फार्म पर खड़ा हूं। गाड़ी आने में अभी देर है। यह कैसी घड़ी है? इसका कांटा झटके से एक कदम आगे बढ़ अटक जाता है। कुछ क्षण बाद फिर आगे झटक रुक जाता है।

ऊपर लाउडस्पीकर पर—यूअर अटेंशन प्लीज़! टू एम० डी० हावड़ा-दिल्ली एक्सप्रेस, तीन घंटे विलम्ब से अब थोड़ी ही देर में प्लेटफार्म नम्बर तीन पर आने वाली हैं। मैं नम्बर तीन पर ही खड़ा हूं। गाड़ी सामने वाले प्लेटफार्म पर आती है। मैं हड़बड़ाहट में दौड़ने लगता हूं। गाड़ी चल देती है। चौंककर पसीना पोंछता हूं। कहां हूं? अनिश्चित मन। अनिश्चित स्थान। अनिश्चित मन्तव्य।

विभू के बारे में सोचता हूं। दोपहर के खाने के बाद आराम कर रही होगी। एक नींद लेने के बाद पानी पीने उठी होगी। साथ में एक कैप्सूल भी लिया होगा। फिर लेट गई होगी।

अचानक स्वयं के उन अच्छे दिनों के बारे में सोचते पाया था जो हमने साथ व्यतीत किए थे, जिनके लौटकर आने की उम्मीद नहीं होती। मेरे जैसे भुलक्कड़ को भी कुछ बाते याद रह जाती हैं।

दिन-भर की तपिश के बाद शाम, अचानक हवा ठंडी हो गई थी। कभी-कभी शारीरिक और मानसिक आवश्यकताओं का हल सस्ते में ही मिल जाता है। व्यस्त रहने से भी बहुत सारी समस्याएं हल हो जाती हैं। पैदल ही रेलवे स्टेशन की ओर बढ़ रहा हूं। मौसम में गर्मी न हो, तो पैदल चलने में कोई दिक्कत नहीं होती। घाटी और यहां के मौसम में बहुत अन्तर हैं। मैटर आफ फैक्ट। इस वाक्य के कौंधने का क्या मतलब हो सकता है? बेकार में मस्तिष्क काम करता रहता है।

सहसा लगा था मेरा स्वयं पर काबू नहीं है। ऐसे में मेरे

चेहरे का कसाव बढ़ जाता है और मैं बार-बार दुहराता हूं और इस तरह महसूस करने की कोशिश करता हूं, जैसे पूरी तरह से नियंत्रण में हूं। सामने सिनेमा पड़ता है। सोचता हूं फिल्म देखी जाए। समय कटने का बहुत महत्त्व होता है। टायलेट में घुस जाता हूं। शीशे के सामने जा खड़ा होता हूं। आखें फाड़-फाड़कर देखता हूं। सामने जैसे किसी शत्रु का चेहरा हो जो अजनबी भी है।

शीशे के सामने पड़ते ही एक लम्बी उबाऊ जिन्दगी का सिलसिला घूमने लगता है। आंखों में घबराहट, लम्बा चेहरा, कुछ-कुछ मलिन, कुछ-कुछ सम्भ्रान्त और शायद कुछ-कुछ क्लांत। थोड़ा और पीने की आवश्यकता महसूस होती है। इतना सोचने का मतलब ही पीने की आवश्यकता से होता है; पर कोई साथ होना चाहिए। अकेले पीने का यह मतलब। कभी जब चेहरे का भाव ढांढ़स देने वाला सजीव-सा होता है तो अनर्थ शंका होती है। थोड़ी ही देर में टुकड़े-टुकड़े हो ढांढ़स देने का भाव छितराने लगता है।

यह शहर अब भी पहले की तरह ही मनहूस है। इसका भी धीरे-धीरे पतन हो रहा है। सड़कें पहले की तरह ही भीड़ और धुएं से ग्रस्त, गलियां अब भी उतनी ही संकरी। कुछ बढ़ा है, तो बस एक स्थान से दूसरे की दूरी। यह शहर भी सम्भवतः आकस्मिक ही पकड़ में आ गया था। हमारे चारों ओर की दुनिया, जिसें हम सुरक्षित मान बैठते हैं···जिन घेरों का हम समझते हैं कोई अतिक्रमण नहीं कर सकता सहसा ढहते रहते हैं और पता भी नहीं पड़ता। इस शहर के किनारे-किनारे नये के नाम में एक अलग दुनिया बसती चली गई थी। नई दुनिया जिसे पुराना मात्र भौचक्का-सा देखता रह जाता है।

इस बढ़ती हुई सभ्यता में—सभ्यता नहीं रेले में, मेरे जैसा ठहरा हुआ, जंग खाया आदमी अपनी ही कमियों के कारण मुंह

के बल गिर पड़ता है। कमजोर, दयनीय और पीछे छूटा हुआ आदमी खड़ा ही रह जाता है और समय ऊपर से ही निकल जाता है। यह बासी है। और उस किनारे जो नया नगर जुड़ गया है कितना अजनबी है। चौड़ी सड़कों और बड़ी इमारतों वाला कोई भी नगर धीरे-धीरे आदमी को हताश करता रहता है। ऐसी जगह आदमी के अन्दर पराजय की भावना और क्षुद्रता का अहसाह भर देती है।

हर नई सुबह थकी हुई होती है और आदमी निचुड़ता चला जाता है। लगा था अपने लिए सही जगह अब घाटी ही है। लौटना कितना कठिन होता है। केवल इस नगर की ही बात नहीं है। लौटना होता ही कठिन है—पुराने लोग, पुराना समय, पुरानी जगह—कहीं भी लौटना कठिन होता है। पुराने लोगों से दुबारा मात्र मिला जा सकता है।

पुरानी जगह पर मात्र कुछ दिन के लिए जाया जा सकता है; पर पहले वाली बात उत्पन्न नहीं हो पाती। शुभदा से दुबारा सामना होने का जैसे कोई अर्थ नहीं बनता वैसे ही इस नगर में दुबारा आने का कोई मतलब नहीं निकलता। अब हम उस घाटी के हो चुके हैं। इस बड़े नगर से कोई सम्बन्ध नहीं जुड़ सकता। हम कितना बदल गए हैं। हमारी मांगें बदल गई हैं। यह नगर भी तो पहले जैसा नहीं रह गया। इसी के एक कोने में कहीं शुभदा है। बच्ची भी है। उनका यहां होना कितना निरर्थक है!

9

यह कोई दूसरा नगर है। यहां की घनी आबादी के एक इलाके में बलवंत रहता है। स्टेशन से निकल मुझे सीधा उसके यहां चला जाना चाहिए था; पर मेरे इरादे मेरे अपने नहीं होते। मेरे सोचने-समझने की क्रिया पर अदृश्य हावी है। मैं जो चाहता हूं नहीं कर सकता। मैं जो सोचता हूं उसे किसी निष्कर्ष की ओर नहीं पहुंचा सकता। टैक्सी को होटल चलने को बोल देता हूं। बलवंत के यहां जाना ही हुआ तो कल चला जाऊंगा।

कमरे में सामान रख कारीडोर में आ जाता हूं। बड़ी-बड़ी खिड़कियों के पार नीचे होटल का लान और उससे परे दूसरी इमारतों के पार सड़कें और छत भीगे हुए थे। मेरे होटल में पहुंचने के बाद वर्षा हुई थी और अन्दर बैठे मुझे पता नहीं चला। बाहर का मौसम इस समय घाटी के मौसम जैसा हो आया था; पर यहां की बारिश और वहां की बारिश में भी एक तरह का अन्तर है।

यहां का अकाश भी वहां के आकाश से भिन्न है। होटल के चारों ओर का दृश्य बारिश में भी बोझिल बना रहा था। छोटी-छोटी झोंपड़ियां दूर कारखाने तक फैली हुई निराशा और दरिद्रता का आभास दे रही थीं। लिफ्ट से होते हुए मैं

नीचे लाउंज में पहुंच गया था। डिनर टाइम से पहले की भीड़ से हाल पूरी तरह से भरा हुआ था। सीट की तलाश में कोने में खड़े-खड़े हाल का जायजा लिया था।

वेटर ने दूसरे कोने में एक टेबिल की तरफ इशारा किया तो उधर बढ़ते हुए रास्ते की एक मेज पर आंखें अटक गई थीं। एक खूबसूरत लड़की अकेली बैठी थी। उसकी आंखों से बुलावे का-सा आभास हुआ था। बारह वर्ष पहले शायद यह कोई नया अनुभव न होता और एक्सक्यूज मी कहते हुए मैं उसके सामने जा बैठता। यहां के कोलाहल से कटा-कटा अजनबी-सा महसूस करते झटके से वेटर द्वारा दिखाई गई सीट की ओर बढ़ गया था।

एक दूसरा वेटर आकर आर्डर ले गया। ढेर सारा समय और मेरे जैसा आदमी। धीरे-धीरे सिप करते हुए मस्तिष्क में उलझी गुत्थियों के साथ तैरने लगा था। कभी-कभी चेंज के लिए रुटीन को तोड़ना भी अच्छा रहता हैं जिसके लिए घाटी से निकल बाहर आना आवश्यक था।

पिछले वर्षों में इस ओर ध्यान गया ही नहीं था। दृश्य से दूर होकर आदमी अधिक तटस्थता से सोच सकता है। विभू के साथ वैमनस्य की सम्भवतः एक कारण यह भी था कि हम एक-दूसरे पर अधिक ही निर्भर करने लगे थे। मेरे यहां आने के बाद भी काफी लोग लाउंज में दाखिल हुए थे और चारों ओर समा गए थे। भीढ़ बढ़ती रहती है और समाती रहती है। शायद कुछ लोग उठकर चले भी गए थे।

वेटर ट्रे उठाये फुर्ती से हरकत कर रहे थे और रेडियोग्राम पर लोगों की पसन्द की धुनें बजकर रुक जाती थीं। चारों ओर बैठे इन लोगों में शायद कभी कोई घाटी के उस छोटे-से पहाड़ी स्थल पर गया हो जहां हमने जिन्दगी के बारह वर्ष व्यतीत कर डाले थे। शायद ही कोई हो। हो भी तो इस चहल-पहल और

भीड़ में लौट आने के बाद वहां की कौन सोचता है और फिर वहां रहने वाले किसी एक नगण्य व्यक्ति में उनकी क्या रूचि हो सकती है! व्यक्ति अथवा स्थान का लगाव कभी-कभी बहुत बड़ी रुकावट बन जाता है।

घाटी में बारह वर्ष व्यतीत हो जाने के पीछे स्वयं के लिए व्यक्ति अथवा स्थान का क्या महत्त्व था? कुछ भी तो नहीं। विभू और घाटी के प्रति बिलगाव के बावजूद कुछ था—एक प्रकार की जड़ता, असफल आदमी की निष्क्रियता और अविश्वास। विभू ने बच्चे के माध्यम से उस जड़ता को तोड़ डालने का निर्णय लिया था। उसने कम-से-कम अपनी आवश्यकता को पहचान लिया था और मैं? मेरे लिए होने या न होने में कोई अन्तर नहीं है। अपनी विचारधारा में दूसरों को सम्मिलित करने का हमें कोई हक नहीं होता।

लम्बे सपाट वर्षों के अर्थहीन जीवन के बाद सम्भवतः मैंने अपना विवेक ही खो दिया था। वरना तो मुझे स्वयं ही विभू को स्वतन्त्र कर देना चाहिए था। बच्चे के आने से ही यदि उसके अन्दर का शून्य भरना था, तो मुझे आपत्ति क्यों हुई? उस समय मुझे अपना मत सही जान पड़ा था। विभू का अभिप्राय समझने का कभी प्रयत्न ही नहीं किया। अपने पूर्वाग्रहों से ग्रस्त हम स्वयं को सही मानते चले जाते हैं और समय हाथ से निकल जाता है। विभू के बिना आगे चलना एक तरह से असम्भव लगने लगा था। अलग होकर आदमी तटस्थ ढंग से सोच सकता है।

बैरा ने मेज साफ कर दी थी, "और कुछ, साहब!"

"नहीं।"

मैदानों की गर्मी और बड़े-बड़े शहरों की भागमभाग दोनों बातें मेरे उलट थीं। आत सर्दी में किताब पर काम करना बहुत आवश्यक जान पड़ा था। निरद्देश्य घूमते रहने से हताशा और भी बढ़ जाती है। छोटा-सा पड़ाव, पुराना पिंड, मेरे बचपन का गांव। मुझे लौटा हुआ देख लोगों की उत्सुकता जाग उठी थी। वे पुरानी बातें उठाते, मरे-मराए, बड़े-बुड्ढों की चर्चा चल पड़ती और मेरे पास 'हूं-हां' के अतिरिक्त कुछ भी न था। सहमा-सा मैं कम बोलता, फिर भी लोग आकृष्ट हुए रहते। आने-जाने वालों का तांता लगा रहता। सबको एक नया विश्वासपात्र मिल गया था। छोटी-से छोटी बात पर राय लेने लोग आते रहते और उस छोटी-सी जगह पर मैं प्रसिद्धि पाने लगा था। आते-जाते वे मेरे लिए कोई-न-कोई उपहार छोड़ जाते। खाने-पीने की चीजें, किताबें और ऊनी कपड़े तक।

सुबह उठकर मैं लंबी सैर पर निकल जाता और लौटकर लिखने बैठ जाता। कभी लम्बें पत्र लिखता—पुस्तक के खंडों के रूप में नहीं—मुनव्वर को, बिन्नी को और दूसरे थोड़ी-बहुत जान-पहचान के लोगों को भी। कभी शुभदा और विभू को लेकर अपने व्यवहार की कमियों पर छोटे-छोटे संस्मरण और कभी बच्चों को लेकर अपने उत्तरदायित्व से बच भागने के प्रायश्चित्त में आत्मस्वकृति।

कुछ सप्ताह की क्रियाशीलता के बाद किताब की अपनी मूल योजना पर एकाग्र होने लगा था।—मुझे किसी से कोई शिकायत नहीं है—नफरत नहीं हैं—इसलिए नहीं कि कोई आध्यात्मिक शक्ति मेरे हाथ लग गई है। बल्कि इसलिए कि शिकायतों और नफरतों का कोई महत्तव शेष नहीं रह गया। नफरत से जलकर केवल स्वयं को सताया जा सकता है। शिकायत का मतलब है आप उन नृशंस भेड़ियों को जो दोषी हैं, और भी विरोध में खड़ा कर दें और वे न केवल अपनी पूरी ताकत

आपके विरोध में खड़ी कर आपको आतंकित कर दें बाल आपको कुचल डालें।

लिखते-लिखते थक जाता हूं। हथेलियों से आंखों को सहलाते हुए सामने पड़े कागजों को ताकता रहता हूं। इस समय मैं नितांत अकेला हूं। नितांत,अकेला आदमी बहुत बड़ी ईकाई होता है। लगन होने पर अधूरे काम भी पूरे हो जाते हैं। इस इलाके में गहरी स्तब्धता व्याप्त है। बाहर तेज चमकदार धूप का साम्राज्य हैं। कुछ लोग बाहर खेतों में काम कर रहे हैं। कुछ घरों में आराम कर रहे हैं, कुछ मात्र करवट बदल रहे हैं। यहां लोग दफ्तरों में काम नहीं करते हैं। इस गांव में सरकार का एक भी दफ्तर नहीं है।

लिखे गए कागज़ों को उठाकर एक ओर पटक देता हूं। मन में कोई दुविधा नहीं है। ऐसा कई दिनों से चल रहा है। शायद हफ्तों.. से और शायद महीनों से। मुझे जल्दी है भी नहीं। मैं ठहरकर रहा जाता हूं। मात्र घूमते रहने का इरादा भी धूमिल-सा पड़ गया है।

हफ्ते के सातों-के-सात दिन मेरे अपने होते हैं—सारे-के-सारे छुट्टी के। अकेले आदमी की जरूरतें बहुत थोड़ी होती हैं। मुझे और कुछ भी तो नहीं चाहिए। बारह वर्ष तक अनुभव होते रहने वाली ऊहापोह के अभाव में मस्तिष्क में जैसे सोचने लायक कुछ रह ही नहीं गया था।

हर सुबह एक तटस्थ फुरसत की सुबह के रूप में आती जिसमें आदमी स्वेच्छा से सांस ले सकता है—चाहे जितनी हवा को खींचकर फेफड़ों में भर लेने की स्वच्छन्दता। विचारों की टूटी हुई श्रृंखला को केन्द्र पर लाते हुए फिर कलम उठाता हूं—यह कैसा भटकाव है? कैसी सीमाएं हैं? घुट-घुटकर जीने और सहने का कोई कारण ही नहीं है। ऐसे में कोई विस्फोट होना चाहिए। विनाश भी कभी-कभी आवश्यक हो उठता है। बनने

का कोई एक रास्ता नहीं होता। जो रास आ जाए उसे ही सही मानना चाहिए। कभी-कभी कोई अंग काटना भी तो आवश्यक हो उठता है।

जब लिखने का काम नहीं रहता है तो मैं बीते हुए दिनों के बारे में सोचता हूं। बहुत पहले के पुराने दिनों के बारे में। जब आदमी महत्त्वपूर्ण बातों को लेकर उलझा होता है तो छोटी बातें स्वतः ही विस्मृति के गर्त में लुप्त होती रहती हैं। यहां पर हर तरह के संघर्ष से मुक्त खाया-पिया भी याद रह जाता है।

शुभदा का स्वतः ही खयाल हो आता है। बुरे-से-बुरे आदमी में भी कोई-न-कोई विशेषता अवश्य होती है। शुभदा की मांग के अनुसार यदि मैं स्वयं को ढाल लेता, उसके डैडी के अहं को भर पाता तो शायद सीधी-सपाट जिन्दगी के बीस-बाइस वर्ष जीने के बाद भी इस समय की तरह मेरे बाल सफेद नहीं पड़ गए होते। एक अनिश्चित मनःस्थिति के स्थान पर मैं एक सुविधा-भरी सहल जिन्दगी जी रहा होता।

एक ज्वार आकर लौट जाता है। दूसरों के विषय में सोचते रहने के बाद जब भी स्वयं पर लौटता हूं व्यर्थ का भाव हावी होने लगता है। लिखने के लिए बैठता हूं तो चारों ओर शून्य भर उठता है। लिखता हूं और फाड़ देता हूं। कभी कागज को मोड़-माड़ कर फेंक देता हूं। स्वचालित उठता हूं और मुड़े-तुड़े कागज को उठाकर टुकड़े कर देता हूं, फिर कुछ कदम चलकर ऐसी जगह फेंकता हूं जहां से कागज पर नजर न पड़ सके। टुकड़ों के दिखाई देते रहने पर मैं लौट नहीं पाता। केन्द्रित नहीं हो पाता।

गांव के लोग आकर बैठे होते। कोई बात कर रहा होता और मैं बीच में ही उठते हुए कागज-कलम ढूंढ़ने लग जाता और फिर रात के समय भी कसरत बन्द न होती। रात को अन्य लोगों से सम्बद्ध छोटी-छोटी बातें सूक्ष्मविवरण सहित अभि-

नीत होतीं और मैं असहाय उन सम्बन्धों की कटुता को सोते हुए भी झेलता और पसीने-पसीने हो जाता।

बीच रात्रि उठ बत्ती जला कागज-कलम लेकर बैठ जाता। थोड़ी देर बाद लगता मस्तिष्क खाली हो गया है और बत्ती बुझा लेटता ही कि दोबारा कोई बात याद आ जाती। स्विच ढूंढ़ता हुआ मैं फिर उठ बैठता। अकसर गांव के लोग पूछते, सारी-सारी रात बत्ती जला मैं किस काम में लगा रहता हूं? उनको यह भी शक था कि मैं रात में डर जाने के कारण बत्ती जलती रहने देता हूं।

ठंडी सर्द रातें—विभू, कहां हो। दिन-भर की ऊहापोह और भटकाव के बाद ऊब-भरी शाम और फिर रात का शून्य। बांहों का घेरा कसता चला जा रहा है। दबी-सी आवाज—मार डालना चाहते हो। बुरी तरह से रौंदे चला जा रहा हूं।

यह विभू तो नहीं है। दोनों हाथों से मेरे चेहरे को पकड़ पीछे को धक्का देती है। सांस घुट रही है। तुम्हारे मुंह से कैसी बदबू आ रही है। कह रही हूं छोड़ दो। पूरा जोर लगा धकेल देती है।

बहुत थक गया हूं। लेटते ही खर्राटे छोड़ने लगता हूं। डाक्टर खेड़ा का कलीनिक। विभू कमरे में लेटी है। बगल में बच्चा सो रहा है। उचककर देखता हूं—शायद लड़का है। किसका है? विभू का और डक्टर खेड़ा का। बदचलन औरत। बेवफा।—सोच में पड़ जाता हूं। यह कौन-सी जगह है; अपना ही घर है।

कोने के कमरे में पड़ा मैं विभू के आने की प्रतीक्षा कर रहा

हूं। अजनबी-सा एक आदमी—लम्बा तगड़ा बीच के दरवाजे से विभू के कमरे में घुस रहा है। विभू सीधी उसकी बांहों में चली आती है। सहसा धक्का देकर विभू पीछे हट जाती है।

तेज धूप चढ़ आई है। पैरों को जोड़ उस पर बच्चे को उलटा लिटा नहला रही है। पोंछ-रगड़ बिस्तर में लिटा देती है। मेरी ओर मुड़ती है, "उठो, तुम भी नहालो।"

"थोड़ा-सा और लिख लूं, फिर नहाऊंगा।"

"क्या लेकर बैठे रहते हो? इतना महत्त्वपूर्ण हो गया है यह सब? मुझसे भी बढ़कर? बच्चे से भी बढ़कर? किताब पूरी हो जाने पर तो लौट आओगे न, फिर से कोई दुविधा नहीं रहेगी? हमेशा से पीछा करने वाली अधूरेपन की भावना खत्म हो जाएगी न?"

विभू का कहना ठीक ही है। किताब पूरी होने के बाद अधूरेपन की भावना शायद समाप्त हो जाए। शायद फिर कोई दुविधा शेष न रहे। शायद मैं लौट पाऊं।

जिस कमरे में बैठकर मैं काम करता हूं उसकी खिड़की का पर्दा खींचते ही कमरा उजाले से भर जाता है और बाहर का दृश्य सीखचों की राह अन्दर आने लगता हैं खिड़की बन्द होने पर यहां का दृश्य घाटी के अपने मकान के उस कमरे जैसा हो उठता है जिसमें विभू रहती थी! रहस्यमय मद्धिम रोशनी में कमरे को रखना विभू को न जाने क्यों अच्छा लगता। साथ सोने पर जिस्म को मेरी आंखों से बचाकर रखने के लिए।

मेरी उदासीनता के दौर में समय काटने के लिए विभू ने डाक्टर खेड़ा से दोस्ती बढ़ा ली थी। मैंने विशेष ध्यान नहीं दिया था। शायद जरूरत भी नहीं थी। शुरू में मुझे आभास भी नहीं हो पाया था। डाक्टर खेड़ा के पास इलाज के लिए जाना कोई नई बात नहीं थी। डाक्टर खेड़ा के प्रति पहली बार तब संशय उत्पन्न हुआ था जब घर पर देखने आने को फीस लेना

उसने बंद कर दिया। वह केवल विभू के साथ बढ़ती आत्मीयता के कारण ही हो सकता था।

अपने प्रतिद्वंद्वी के रूप में डाक्टर खेड़ा को मैंने गौर से भांपने का प्रयत्न किया था। आयु में मेरे से छोटा। शायद दस वर्ष। दिखने में व्यवहारिक और आंखों में निराशा का भाव लिए हुए। इन्हीं गुणों के कारण उसकी ओर मैं आकर्षित भी हुआ था और घाटी में बसने के बाद पहली जान-पहचान उसी से हुई थी। अच्छी-खासी प्रैक्टिस के बावजूद असफलता की भावना से ग्रस्त वह सम्पर्क में आने वालों में खाली रूचि लेता।

डाक्टर खेड़ा के बारे में विभू का मत था कि वह गलत जगह पर पड़ा था। उसका स्थान किसी बड़े अस्पताल में था जहां अपनी योग्यता के बल पर नाम पैदा कर पाता। अस्पताल बाद का समय अकसर डाक्टर हमारे यहां बिताता और सच्ची बात तो यह थी कि उसके साथ बैठकर पीने में मुझे मजा आता। विभू भी हम लोगों का साथ देने लगी थी।

कभी जब मुझे डाक्टर के आने का इन्तजार होता और विभू चुपके से तैयार होकर अकेली ही उसके यहां चली जाती तो मैं वास्तव में भड़क उठता। कभी पूछ बैठता तो विभू यह कहकर टाल देती कि डाक्टर के आते ही मैं नियंत्रण के बाहर हो जाता हूं और वह नहीं चाहती थी कि मैं इतना ज्यादा ड्रिंक करूं।

शब्द जाल। कभी-कभी निरथकता का अहसास हावी होने लगता है। काफ्का, कामू, सार्त्र आदि के उदाहरण सामने न होते तो शायद लिखने का काम बंद कर मैं भाग खड़ा होता। झूठे शब्दजाल की आड़ में हम स्वयं को धोखा देते हैं। सबको धोखा

दिया है।

दोपहर का समय है। विभू मेरे सामने बैठी है। विभू मेरी नजर को ताड़ जाती है। "अब तुम्हें अच्छी नहीं लगती?"

"समय के साथ आदमी की आदतें थोड़ी-बहुत बदल भी तो जाती हैं।"

"यहां तक कि मेरे जिन्दा होने का अहसास भी तुम्हारे लिए मर गया है।" और उसने रोना शुरू कर दिया है।

"इसमें रोने की क्या बात है?"

"झूठी तसल्ली के अर्थहीन वाक्यों का मुझे कोई आवश्यकता नहीं। पत्नियों के साथ बोले जाने वाले ऐसे घिसे-पिटे वाक्यों को बचा ही रखा करो। जानना ही चाहते हो तो समझ लो अपने-आप को कोसती हूं, तुम्हें कोसती हूं। सब लोग ठीक कहते हैं—व्यर्थ तुम्हारे साथ लग मैंने अपनी जिंदगी खराब की है।"

विभू के इस तरह अक्रामक होने के कारण पर विचार करते हुए मुझे डाक्टर खेड़ा का ध्यान आया था। इतने वर्षों में विभू ने इस तरह के व्यवहार का कभी प्रदर्शन नहीं किया था। मैं उठकर अपने कमरे में चला आया था। कुछ ही क्षणों में शायद पीछे-पीछे ही विभू मेरे कमरे में पहुंच गई थी और एकदम शांत लग रही थी। क्रुद्ध होने पर एकदम भड़क उठती है और फिर शीघ्र ही संभल भी जाती है। डाक्टर खेड़ा को लेकर उसके बारे में सोची गई अपनी बातें नितान्त मूर्खतापूर्ण जान पड़ती हैं।

रात भर जागकर लिखता रहा था। सुबह देर तक सोते रहने का इरादा रख पूरा अध्याय लिखकर उसे दुबारा पढ़ता रहा था। काम समाप्त कर प्रत्यक्ष रूप से पूरी तरह हलका हो आया था और लगा था संतुष्ट हूं। पर नींद नहीं आई थीं। बार-बार रोक लगाने की कोशिश में कहीं-से-कहीं भटक जाता। विभू की एक-एक बात पूरी बारीकी के साथ याद आती रही थी और उन सूत्रों को बांधने के प्रयत्न में दिन निकल आया था।

जिनकी वजह से दरार फैलती चली गई थी।

सोचा था सुबह उठकर लिखे को दुबारा देखूंगा, थोड़े हेर-फेर के साथ टाइप में डाल दूंगा और फिर घूमने निकल पड़ूंगा। रात सो न पाने के कारण न दुबारा पढ़ पाया था और न ही कुछ सुधार कर सका था। मैं इतना ही सोचता रह गया था कि विभू ने अन्तिम रूप से मुझे आत्मकेन्द्रित और ओछा मान किया था। वरना उस दिन, कैफे से उठकर यूं न चली गई होती।

वह पूरा दिन मैंने रजिस्ट्रार के दफ्तर में व्यतीत कर दिया था। वकील को ढूंढ़कर आकस्मिक भाग-दौड़ में घाटी का मकान विभू के नाम कर कागज़ डाक्टर खेड़ा के पते पर भेज दिए थे। अलग होने पर डाक्टर खेड़ा के यहां चले जाने का निर्णय संभवतः वह बहुत पहले से कर चुकी थी।

बहुत छोटी जगह है यह। बात करने के लिए भी कोई ढंग का आदमी नहीं है यहां। कभी-कभी अकेलापन बहुत अखरता है। शाम को अकेला ही कुर्सी डाल बरामदे में बैठ जाता हूं। उस समय जब न पढ़ने की इच्छा होती है और न ही लिखने की तो ज्यादा ही उकताहट होने लगती है। थोड़ी-सी पीकर सिग-रेट का धुआं उड़ाता रहता हूं।

सोचता हूं मुझे प्रसन्न होना चाहिए। अपने ढंग से चलने के लिए गर्व महसूस करना चाहिए। पुराने दिनों के बारे में सोचता हूं—बचपन के दिन, शुभदा के साथ के दिन, बलवन्त की नाराजगी के दिन और घाटी में विभू के साथ के दिन। यकीन ही नहीं होता इतनी लम्बी यात्रा के बाद निर्विघ्न-सा यहां पर पड़ा हुआ हूं, अपने-आप के लिए। कितने लोग होते हैं जो झंझटों को छोड़ इस तरह स्वयं में सीमित हो पाते हैं!

गिलास को फिर से भर लेता हूं। मुनव्वर बहुत बढ़िया आदमी है। मेरे से भी बढ़िया। यहां होता तो मजा रहता। धूप

फीकी पड़ रही है। अभी रात घिर आएगी। सामने स्कूल की दीवार पर धब्बे-ही-धब्बे दिखाई पड़ते हैं।

तीसरी नौकरी छोड़कर सीधा घर जाता हूं। मां पहले की अपेक्षा झुक गई जान पड़ती हैं। आंखें भी सिकुड़ी-सिकुड़ी जान पड़ती हैं। मां को अब भी याद है मेरी रुचि का खाना क्या है।

खाते-खाते सहसा बोल पड़ता हूं, "शुभदा ने मुझे तलाक दे दिया है।"

मां उदास हो आई थी। मरी-सी फुसफुसाहट, "कोई बात नहीं। औरत करना कौन मुश्किल है···और मिल जाएगी।"

"मैं खुद ही उससे छुट्टी पाना चाहता था।" थोड़ी देर के लिए चुप्पी छा गई थी। लगा था मां को मेरी असफलताओं पर बहुत दुःख था। मैं तसल्ली के कुछ शब्द कहना चाहता था पर कुछ सुझाई ही नहीं पड़ रहा था।

"चलो, आराम करो।" बक्स को नीचे तक खाली कर मां ने नई बेडशीट निकाली थी। चमचमाता नया बिस्तर जैसा अक-सर किसी मेहमान के आने पर लगाया जाता है।

उठकर अन्दर आ जाता हूं। घाटी में बर्फ गिरनी शुरू हो गई। अभी-अभी गाड़ी से उतरा हूं। सारी रात पानी पड़ी है। जिंदगी के लम्बे पैंतालीस वर्ष व्यतीत हो गए और मैं पुराने हिसाब चुकता करने में ही लगा रहा और अभी तक मैं दौड़ ही रहा हूं। बार-बार उन्हीं बातों से सामना करना पड़ता है। निष्कर्ष पर पहुंच ही नहीं पाता। कपड़ों को दोबारा पहनते हुए विभू लिहाफ खींच लेती है।

सहसा मैं पूछ लेता हूं, "तो क्या सोचा तुमने?"

"किस बारे में?"

"सचमुच ही नहीं पता कि किस बारे में पूछ रहा हूं।"

"यह कोई वक्त है बेकार की बातें घसीटने का! मतलब

पूरा करने के बाद कैसे आंखें तरेरने लगते हो। अब सो जाओ। सुबह बात करना।"

शायद हम दोनों ही सो नहीं पाए थे और अपने-अपने मत के पक्ष में सोचते रहे थे।

मेरी ओर मुंह करते सहसा उसकी आवाज दृढ़ हो आई। थी, "मैंने सोच लिया है।"

"अच्छा!"

"तुम्हें अच्छा लगे या बुरा, बच्चा होगा।"

"तो फिर हम शादी कर लें।"

"जो भी करना है सुबह करना है तुम्हारे झूठों से मैं पहले ही तंग आ चुकी हूं। एक बार पहले भी तुमने शादी की बात कही थी। फिर तुम्हें अपनी अधूरी महत्त्वाकांक्षाएं सताने लगती हैं। बम्बई जाने के मंसूबे और यहीं पड़े-पड़े सड़ते रहने की विवशता। अपने साथ साथ तुमने मुझे भी मिटा दिया है। कभी भी घर से गायब हो जाने की तुम्हारी आदत और अवहेलना से तंग आकर ही मैंने कुछ सोचा हैं। बीच-बीच में मजाक के तौर पर तुम विवाह का प्रस्ताव रख देते हो। तुम क्या समझते हो मैं तुम्हारी चालाकी को समझती नहीं।"

इतनी देर तक तो मैं कभी भी नहीं सोता हूं। हड़बड़ाकर खड़ा हो जाता हूं। सोचता हूं यहां और नहीं टिका जा सकता। सामान बांधना होगा, वापस घाटी के मकान पर जाना होगा। विभू के हठीले स्वभाव, बच्चे के निर्णय के बावजूद और अन्य शिकायतों के बावजूद मेरे सामने चुनाव का कोई प्रश्न नहीं था। लौटकर वहीं जाना होगा। ढूंढ़ना होगा।

किताब का काम तसल्ली से चल रहा है। कोई काम जब चरमोत्कर्ष की ओर होता है तो उत्सुक्ता और भी बढ़ जाती है। पूरा होने से पहले का वह थोड़ा-सा समय बेहद बेचैनी का होता है और आदमी उतावला हो उठता है। ठंड भी बढ़ने लगी है। कमर का दर्द फिर से ताजा हो उठता है—जाना-पहचाना और जानलेवा। नींद से पीठ पर जोर पड़ते ही हड़बड़ाकर उठ जाता हूं। ऐसा पहले कभी नहीं हुआ। पुराने नुस्खे निकालता हूं। पर अब उन गोलियों का असर नहीं होता। आयोडेक्स भी फेल होने लगी हैं।

कई दिन तक हिल नहीं पाया था। शहर के डाक्टर ने आते ही अस्पताल भेज दिया था। इतना बड़ा अस्पताल। डाक्टर कहता है, "किसी को बुला क्यों नहीं लेते आप?"

"जिसे बुलाना चाहता हूं उसे जाकर ही लाया जा सकता है। अपने-आप वह नहीं आने की।"

"अपने-आप कैसे जा सकते हैं आप? हिल तो सकते नहीं। शायद आपरेशन करना पड़े। पहले एक्सरे होगा।"

नर्स की सहायता से डाक्टर स्ट्रेचर को रिसेप्शन के रास्ते एक बड़े कमरे में ले जाता है। कमरेका अधिकांश हिस्सा एक्सरे मेज से घिरा हुआ है। मेज के ऊपर एक्सरे मशीन की पिक्चर ट्यूब रोलरों की सहायता से झूल रही है। शीशे की दीवार के पीछे नियंत्रण-कक्ष के उपकरण दिखाई पड़ रहे हैं। कोई-कोई दृश्य अपनी बारीकियों के साथ मस्तिष्क में अंकित हो जाता है। और जरा-से प्रयत्न से कभी भी हम उसे समूचेपन के साथ याद कर सकते हैं। अस्पताल के खुले वार्डों और दूसरे कक्षों की तुलना में एक्सरे का कमरा रहस्यमय-सा जान पड़ा था। तस-वीर लेने के लिए ऊपर-नीचे होती काली और बादाम रंग की मशीन दैत्याकार-सी जान पड़ी थी।

क्षणांश के लिए भयमिश्रित सिहरन हुई थी। थोड़ी ही देर

में यह मशीन निर्णय देगी—हड्डी गल गई है या कोई फोड़ा है। मशीन की रिपोर्ट पर ही सब कुछ निर्भर करता है। इस आदमी की पीठ को फाड़ दो। और यह लोग जो यहां काम कर रहे हैं बिना किसी भावना के तटस्थता से बतला देंगे कि क्या दिखाई दिया है। हजारों लोगों के गले-सड़े, टूटे अंगों को काटने का निर्णय देते हुए इन पर कोई प्रतिक्रिया नहीं होती। शायद वह लोग कसाई हैं।

आपरेशन करने की नौबत नहीं आई थी। हड्डी को सीधा रखने के लिए चमड़े का शिकंजा पहनना पड़ा था—हमेशा के लिए। एक महीने से भी ज्यादा अस्पताल में पड़ा रहा था। खाली रहकर भी आदमी को सोचने का मौका मिलता है। अकेला पड़ने की वह भावना उस अनुभव से गुजरने पर ही महसूस की जाती है। मेरे मन में किसी के लिए कोई वैमनस्य शेष नहीं था। किताब भी पूरी हो गई थी। मैं पूरी तरह से निर्विघ्न हो गया था। अभाव का भी अपना इनाम होता है। खो चुके को भूल जाना ही बेहतर होता है। सब कुछ संभवतः किसी को भी नहीं मिल पाता। किसी को कुछ और किसी को कुछ।

मीटरगेज के छोटे गंदले रंग के डिब्बों के साथ मैं वापस घाटी में लौटा था। अधलेटा होते हुए विभू ने बांहें फैला दी थीं और मैंने उसके होंठ चूम लिए थे। अस्पताल के मोटे गाउन के नीचे से विभू के बदन की गर्मी को महसूस करते मैंने भींच लिया था। उसके बाल अस्तव्यस्त हो गए थे और पसीने और टिंचर की गंध महसूस हो रही थी। ऐसे माहौल में पूरा एक महीना बिताकर मैं अभी-अभी निकला था।

अलग होते हुए विभू ने कहा था, “सब कुछ अस्तव्यस्त लग रहा होगा।”

“सब कुछ बहुत भला लग रहा है।” और मैंने उत्सुकता से अचल में झांका था।

मेरा आशय समझ विभू ने नर्स को आवाज दी थी जो मुझे एक दूसरे कमरे में ले चली थी। बेबी-कार्ट के पास खड़ा मैं स्तब्ध रह गया था और अनायास बोल पड़ा था, "बस। इतना-सा।"

पीछे खड़ी नर्स मन्द मुसकरा दी थी, "प्यारा है।"

इतना छोटा प्राणी मैंने पहले कभी नहीं देखा था। बच्चा स्थिर आंखें बन्द किए मेरी उपस्थिति से अनभिज्ञ सो रहा था। केवल सीने की मन्द नीचे-ऊपर होती धड़कन से उसकी सांस चलने का पता चल रहा था।

उस छोटे-से प्राणी को घूरते हुए उसका निरीक्षण-सा करते हुए पाया—यह मेरा बेटा है। मेरा अपना। मेरे शरीर का एक हिस्सा। उस छोटे चिड़ी के बोट-से लग रहे बच्चे के लिए मेरा मन उमड़ पड़ा था।

मन हुआ था जोर से चिल्लाकर उसे सुना दूं, "तुम अकेले नहीं हो। देखो मैं आ गया हूं। अदमी का दारू आदमी ही होता है। यह देखो—मेरे हाथ। यह तुम्हारे हैं। दुनिया सचमुच बहुत बड़ी है। हम-तुमसे ही बनती है। सुनो। सुनो तो मैं क्या कह रहा हूं—मैं तुम्हारा पिता हूं और तुम्हें अपना समझता हूं। तुम्हें मुझसे कोई शिकायत तो नहीं? है तो उसे भूल जाओ।"

कहानी

मोड़ पर रुकी जिंदगी

शायद लाल बत्तियों वाला कोई चौराहा आ गया था। कभी न हार मानने वाला उसका व्यक्तित्व थक-सा गया था। वह उन दिनों की कल्पना को झिझोड़ फेंकने का प्रयत्न करता जब अतीत उसे केवल सड़ती लाश-सा दिखाई देता था और वह जिंदगी का बोझ सहर्ष कन्धों पर लादकर दौड़ने लगता। अपनी कोई धारणा निर्मूल साबित हो जाने पर मनुष्य दूसरों की दृष्टि में चाहे न गिरे परन्तु अन्दर-ही-अन्दर अविश्वास की भावना घुन की तरह उसे चाटने लगती है।

वह कितना ही चाहता कि धुंध की पर्त गहरी हो जाए ताकि कल की बात उसे दिखाई न दे, वह केवल परसों की स्मृति में जीना चाहता था। उसके स्वयं के शब्द उसे अर्थहीन लगने लगे : "मिस लूथरा आप भी अजीब लड़की हैं। प्रोबेशनरी ऑफी-सर बनकर ही इतनी संतुष्ट हो गई हैं। आपको तो मैनेजर बनने की तैयारी करनी चाहिए। पार्लियामेंट स्ट्रीट के इस भव्य बैंक की पहली महिला मैनेजर।"

और मिस लूथरा की रहस्यमय मुसकान से निरुत्साहित हुए बिना उसने कहा था, "गतिशील होना ही जिन्दगी है। सौ किलोमीटर फी घंटा भागने वाली कैडीलाक की तरह। प्रचार,

प्रसार और निरन्तर प्रयास से जितना तेज दौड़ा जा सके, दौड़ना चाहिए। प्रतियोगिता के इस युग में दूसरों से आगे निकलना आवश्यक है और दूसरे आपको पछाड़ न दें इसलिए भागना पड़ता है।"

बैंक के भव्य भवन की लम्बी आयताकार गैलरी में ढीली-ढाली पक्के रंग की लड़की आशा लूथरा को देखकर पहले-पहल उसे जो अनुभूति हुई थी, वह घृणा-मिश्रित ही थी। आगे की ओर बगलों में हाथ दबाए, वह लम्बे-लम्बे डग भरती, गैलरी के अन्त में लिफ्ट के पास जाकर गायब हो जाती और राणा सोचा करता—होगा कोई टाइपिस्ट या क्लर्क ग्रेड टू। पर क्लर्की तो भीगी बिल्ली की तरह दुम दबाए कोने में पड़ा रहना सिखाती है, फिर यह लड़की ऊंट की तरह डग भरती, बगलों में हाथ दबाए किस गलतफहमी में खोई रहती है?

कमर्शियल असिस्टेंट बनकर बैंक में जायन किए राणा को अभी कुछ सप्ताह ही हुए थे। बैंक का अनुशासन और वातावरण उसके लिए कौतुक बन खड़े थे कि गैलरी में बगलों में हाथ दबाए आशा लूथरा दिखाई देने लगी। अपनी हैसियत और पद के मुकाबले ऊंचा व्यवहार करने वालों से उसे एलरजी थी। चपरासियों को राजनीति की चर्चा करते और आशा लूथरा को अफसर की चाल चलते देख, उसका मन होता कि पार्लियामेंट स्ट्रीट पर दौड़ती किसी भारी-भरकम गाड़ी से करा पाए।

राणा की अभी ट्रेनिंग ही चल रही थी; परन्तु वह लोक-सेवा आयोग द्वारा घोषित दो पदों के लिए थ्रू-प्रापर चैनल प्रार्थना-पत्र भेज चुका था और आई० ए० एस० का फार्म भी भर चुका था। इसके अतिरिक्त इंस्टीट्यूट आफ इवनिंग स्टडीज में एम० ए० का फार्म भरने की भी उसकी योजना थी। मैनेजर सेक्शन के भाटिया ने उसे सलाह दी थी कि इस गति से उसे फार्म नहीं भरने चाहिए। मैनेजर सेक्शन पर यह प्रभाव पड़ जाने पर

कि वह बैंक की नौकरी के प्रति 'सीरियस' नहीं है, उसकी कन्फर्मेशन रुक जाएगी। भाटिया ने स्पष्ट रूप से कह दिया था कि कमर्शियल असिस्टेंट की पोस्ट उसकी योग्यता के एकदम अनुरूप थी और इससे अधिक पोजीशन पा जाना सम्भव होते हुए भी खतरे से खाली न था।

राणा केबल लापरवाही की हंसी हंस दिया था। भाटिया ने भी साफ कह दिया था, "बेटा, तुम्हारी यह भनक एक दिन तुम्हें सड़क पर खड़ा करेगी।" और सचमुच वह एक दिन सड़क पर ही तो आ खड़ा हुआ था।

आशा लूथरा को देखने की आदत धीरे-धीरे तलब बन गई। गैलरी में उसका आभास पाते ही उसकी आंखें कलाई पर बंधी घड़ी पर पहुंच जाती। उसने अब समय निर्धारित कर लिया कि वह कब करैंसी-विभाग से निकलकर लिफ्ट की ओर बढ़ती है। अपने पी० मैनेजर की नजर बचा, वह भी उस समय गैलरी की रेलिंग से आ चिपकता और सिगरेट का धुआं उड़ाता हुआ मिस लूथरा की राह देखने लगता। निर्धारित समय से पांच मिनट इधर-उधर उस की उत्सुकता का सामान हाजिर हो जाता। लम्बे-लम्बे डग भरती ऊंट की चाल वाली सांवली-सी लड़की उसके पास से अफसरी और अहं की बू छोड़ते निकल जाती। उसकी आंखें तब तक पीछा करती रहतीं, जब तक वह आयताकार मोड़ मे घूम लिफ्ट की ओर ओझल न हो जाती। बाकी की सिगरेट को वहीं, पैर से मसल, वह तेजी से अपने सेक्शन में पहुंचने की कोशिश करता और कोई-न-कोई बहाना सोचने लगता कि कहीं पी० मैनेजर कुछ पूछ न बैठे।

अपनी सीट पर पहुंचकर राणा राहत की सांस लेता और मिस लूथरा के बारे में सोचने लगता। यह ढीली-ढाली लड़की। अवश्य कैश डिपार्टमेंट के नोट गिनने वाले स्टाफ में होगी।

और फिर राणा का स्थानांतर पी० डी० ओ० में हो गया। नये भर्ती हुए स्टाफ को बिल्ली की तरह सात घर घूमने पड़ते हैं। ट्रेनिंग-पीरियड में थोड़े-थोड़े दिन प्रायः सभी विभागों का काम बड़ा टेढ़ा था। राणा सरदार भागसिंह की बगल में कुर्सी डाल माथापच्ची करता रहता। भागसिंह रोहतक जिले का जाट था और क्लर्क ग्रेड टू से उन्नति करके सुपरिटेण्डेण्ट बन गया था। वैसे भी काफी सीनियर आदमी था। वह अपने अधीन सहायकों पर अधिक रोब भी नहीं छांटता था। प्यादे से फर्जी बनकर भी उसकी चाल टेढ़ी नहीं हुई थी। इस सद्व्यव हार के कारण राणा उसकी इज्जत भी करता था।

राणा को जूझते देख उसने चुटकी ली, "अरे छोड़ो भी, ताज्जुब है इतने मेहनती होकर भी तुम बैंक में कमर्शियल असिस्टेंट बनकर ही आए। जरा सिर उठाकर तो देखो। तुम्हारे से तो वह कुड़ी ही अच्छी है।" और राणा ने सिर उठाकर जो देखा तो उसका सिर घूम गया। डिस्पैच-सेक्शन के सुपरिटेंडेंट की कुर्सी पर मिस आशा लूथरा लीव-वैकेंसी में चार्ज संभाले बैठी थी। सिक्योरिटीज उसकी आंखों में घूमती-सी दिखाई दीं और वह उन्हें संभलवाए बिना ही उठ गया। उसका सारा दिन आत्म-भर्त्सना में बीता। उसी दिन से सिगरेट, जो कि वह केवल मिस लूथरा का रास्ता नापने के लिए पीता था, उसकी पक्की, साथिन बन गई।

और फिर अचानक मिस लूथरा उसके लिए सरोजिनी नायडू से भी ऊंची उठ गई। अब वह अपनी तलबे को दबाने का प्रयत्न करता। कभी अचानक रास्ते में पड़ भी जाती तो घुटे-घुटे मन से चुपचाप उसे देख लेता और राणा उसे इंगित करके स्वयं से ही कहता, "मैडम, चिंता मत करो। शीघ्र ही इस

बैंक की लम्बी लम्बी सीढ़ियों से मैं तुम्हारे से भी ऊंचे ओहदे के लिए लम्बे-लम्बे डग भरता उतर जाऊंगा। तुम्हें खबर तक भी न होगी। हालांकि यह भी सत्य है कि जीवन-भर तुम्हें भूलूंगा नहीं।" उस दिन से उसकी डाक का खर्चा और भी बढ़ गया। नए-नए पदों के लिए प्रार्थना-पत्र आने-जाने लगे। आई० ए० एस० की परीक्षा में वह पूरी तैयारी से बैठा था।

एक विभाग से दूसरे में उसका ट्रांसफर होता रहा···और फिर एक दिन वे दोनों टकरा भी गए। मिस आशा लूथरा उसकी इमिजिएट बास थी। वह भी एक दिन बैंक में रहकर अफसर बन सकता था। लेकिन उस पर तो बास का भी बास बनने की धुन सवार थी। वह निधड़क और लगन से कार्य निबटाता। यहां तक कि मिस लुथरा का काम भी उसने अपने ऊपर ओढ़ लिया। वह केवल हस्ताक्षर-भर करती और धीरे-धीरे उस ढीली-ढाली लड़की पर जैसे उसका पूरा आतंक ही छा गया।

राणा को ताज्जुब होता कि इस लड़की में क्या था, जो इसमें नहीं है। मैनेजर सेक्शन के भाटिया ने एक दिन चुपके से मिस लूथरा की पर्सनल फाइल उसे दिखा दी थी। हाई स्कूल फर्स्ट पोजीशन, इंटर फर्स्ट पोजीशन, बी० काम फर्स्ट डिवीजन और बिजनेस एडमिनिस्ट्रेशन डिप्लोमा। राणा समझ गया। काफी मसाला था। लड़की शैक्षणिक योग्यताओं में असाधारण थीं। राणा ने तो केवल एम० काम० द्वितीय श्रेणी में पास किया था। अगर कहीं वह पोजीशन-होल्डर होता तो वह भी प्रोबेशनरी आफीसर ही होता; पर मिस लूथरा तो उससे दो वर्ष सीनियर भी थी। यह शायद भगवान का उसके प्रति अन्याय था। इसमें वह क्या करता।

जब मित्रता हो गई तब हसद कैसी? वह पूरी हमदर्दी से कहता, "मिस लूथरा, आप भी अजीब लड़की हैं। प्रोबेशनरी आफीसर बनकर ही इतनी संतुष्ट हो गई। आपको तो मैनेजर

बनने की अभी से तैयारी करनी चाहिए। पार्लियामेंट स्ट्रीट के इस भव्य बैंक की पहली महिला मैनेजर।"

उसकी बात पर मिस लूथरा केवल रस्यमय मुसकान थिरकाकर चुप हो जाती। धीरे-धीरे वे आपस में बहुत खुल गए और मिस लूथरा के प्रति अपने बक्ते-बिगड़ते सारे विचार उसने साफ-साफ उसे सुना डाले।

इस एक वर्ष की नौकरी में उसकी समझ में अच्छी तरह आ गया था कि इस्तीफा दिए बिना वह अफसर नहीं बन सकता। विचारों के प्रवाह में डूबते-उतराते उसने एक दिन बिना किसी भूमिका के सवेरे ही इस्तीफा लिखकर मिस लूथरा की मेज पर भेज दिया। मिस लूथरा ने आश्चर्यचकित होकर पूछा था, "यह एकदम क्या सूझा तुम्हें?"

"काफी कुछ तो पहले ही तुम्हें बता चुका हूं। समझ लो तुम्हारी वजह से ही।"

"तो मुझे कहा होता, मैं ही तुम्हारी समस्या हल कर देती। मैं भी तो इस्तीफा दे सकती हूं।"

"नहीं, उसकी नौबत नहीं आएगी। तुम्हारे यहां रहने से ही मैं अपनी धुन पूरी कर पाऊंगा। शीघ्र ही फिर मिलेंगे।"

और सचमुच वह लम्बे-लम्बे डग भरता, अपने दफ्तर के भव्य भवन की सीढ़ियों से उतर गया और भाटिया के शब्दों में सनक ने उसे सड़क पर ला खड़ा किया था। नौकरी तो क्या, अब उसे कोई पूछता भी नहीं। वह फ्रस्ट्रेशन का शिकार कभी मिस लूथरा से मिलने भी न जा पाया।

बिल्ली के भाग छींका टूटा था फिर खुदा अब देता हैं ···। जो भी कहिए। चीन का आक्रमण। आपातकाल की घोषणा हुई और पुरानी मैरिट-लिस्ट में से कुछ अफसरों का पुलिस में लेने की योजना गृह-विभाग ने बनाई। राणा को फिर से साक्षात्कार के लिए बुलाया गया और वह चुन लिया गया। डाक्टरी तक हो गई, परन्तु चुनाव के बाद पोस्टिंग होने में कितना समय लग

जाता है, यह तो कोई उम्मीदवार ही जान सकता है। आफीसर ट्रेनिंग स्कूल में जगह न थी। सो, बैच बनाकर चुने हुए लड़कों को भेजा जाने लगा। राणा पहले बैच में न जा सका। उसने दोबारा आई० ए० एस० का फार्म भरा था; परन्तु एक बार चुनाव के बाद ढंग से तैयारी कहां हो पाती है!

नौकरी की ही तलाश में वह दिल्ली गया था। मन काबू में न रख सका और उसे मिस लूथरा के घर जाना ही पड़ा। मिस लूथरा के ब्याह की सूचना उसे बहुत स्वाभाविक-सी लगी। वह जिन्दगी की इतनी मंजिलें पार कर चुका था, जहां कोई आश्चर्य आश्चर्य नहीं लगता। कोई मुश्किल मुश्किल नहीं लगती। उसने स्वयं को सांत्वना दी थी—अफसर बनने की धुन अलग बात है और मिस लूथरा से लगाव अलग बात है।

युद्ध की स्थिति कुछ सुलझ गई थी शायद। जिन लड़कों को ट्रेनिंग पर नहीं बुलाया गया था, उन्हें बुलाने की आवश्यकता ही समाप्त हो गई। गृह-विभाग अब सामान्य प्रणाली के चुनाव से ही अफसरों का भर्ती होना न्याय-संगत समझता है। राणा ने सोचा, अच्छा ही हुआ कि आशा का ब्याह हो गया।

वह फुर्सत की घड़ियों में सिर लटकाए सोचने लगता। कितनी सुखी होगी आशा। न जाने उसका पति के घर का क्या नाम है? उसके ढीले-ढाले व्यक्तित्व में अब वह एक गदराए बदन वाली ब्याहता के सुखद जीवन की कल्पना करता। सलवार-कमीज छोड़कर अब तो वह केवल साड़ी बांधती होगी। अवश्य ही वह उसे पूरी तरछ भूल गई होगी। आफीसर क्लब की रोनक अब वह राणा को कैसे पहचान सकती है।

दो वर्ष और व्यतीत हो गए। अथक प्रयास के बाद उसे वाणिज्य विभाग में रिसर्च असिस्टेंट का जाब मिल गया; लेकिन जीवन की स्फूर्ति न जाने कहां खो गई—अब वह सुबह अलसाया-अलसाया तैयार होता। साइकिल को धीरे-धीरे चलाता वह एक-डेढ़ घंटे में दफ्तर पहुंच ही जाता। कभी-कभी बिना किसी इरादे के ही छुट्टी लेकर दोपहर का शो देख लेता।

खोये हुए क्षण

सीढियों पर पहुंचते ही आदतानुसार उसने सर बायें घुमा थूक दिया। दूसरी-तीसरी सीढ़ी पर झाग और बुलबुले सांप के केंचुल-से चमकने लगे। इस तरह थूकने की उसकी आदत बन चुकी थी, जिससे उसे कभी हिकारत महसूस नहीं होती थी और नीचे से आ रहे किसी पर थूक जो पड़ने के डर की वह हमेशा अवहेलना कर जाता रहा था।

परसों ही वह भवाली सैनिटोरियम से नैनीताल होता हुआ लौटा था। वह काफी थक गया था और अनमना-सा भी था। रह-रहकर इंदु का चेहरा उसकी आंखों के सामने आ जाता और उसे लगता कि वह ढह रहा है। इंदु को इस तरह अकेले छोड़ आने के कारण प्रताड़ना की भावना को वह कई बार नीचे धकेलने का प्रयत्न कर चुका था। वह स्वयं को समझाने का प्रयत्न करता, आखिर वह कर भी क्या सकता था। कभी यह भी लगता कि जितना संभव था, उसने किया था। फिर उसकी भावना नियति को दोष देने की होती। वह सोचता, जो भी कारण सही रहा हो, उसे कोई वास्ता नहीं। उसे तो हर हालत में जूझना ही है। जिसका गला घुटेगा उसकी आंखें बाहर निकलेगी ही। उसे लगा था, उसकी अपनी भावना का कोई मूल्य ही नहीं। कठपुतली की तरह नाचने के अलावा कोई चारा न था।

रवि का पत्र मिला, तो उसे आना ही पड़ा। आने का फैसला लेने में एक कारण निम्मी से मुलाकात होने की संभावना भी थी। पुरानी यादें, जो उसने मन से काट फेंकी थीं, उफान-सी मारती झिलमिलाने लगी थीं।

सीढ़ियां उतरकर वह लान की ओर बढ़ गया। मेहमानों की खासी भीड़ थी और महफिल पूरे रंग में। रंग-बिरंगी आराम कुर्सियों के बीच गोल मेजों के फैले घेरे उसे अच्छे लगे थे। घेरों के बीच समानांतर पट्टियों पर लापरवाही से चलते लोग एक घेरे से दूसरे में पहुंच जाते। उसे ताज्जुब होता, ऐसे अवसरों पर लोग कैसे सहज रह पाते हैं। वह तो हमेशा कांशस हो उठता था। एम्प्रेसो बार से उसने एक प्याला ले लिया और कोने में खड़ा हो लान का जायजा लेने लगा। उसे लगा, वह यहां नहीं है जबकि उसके मन में कोई निरीहता की भावना भी न थी। एक जली हुई सिगरेट उसने अभी फेंकी थी और दूसरी वह कप रखने पर ही जला सकता था। और कुछ भी न लेने का निर्णय उसने नीचे आने से पहले ही ले लिया था। ऊपरी बटन खोल वह तसल्ली से घूंट भरने लगा। उसे लगा, वह यहां आना ही नहीं चाहता। था और आना भी एक तरह से न आने के ही बराबर था। वह दुविधा में पड़ गया। इन्दु साथ होती तो क्या स्थिति में कोई अन्तर होता? उसने सरसरी निगाह लान में बैठे लोगों पर डाली। सफेद पगड़ियों पर लाल रिबन और लाल ही बेल्ट पहने बेयरा हाथों में ट्रें उठाए मेजों पर झुके खड़े थे। ग्लासों में छल-कते हलके-पीले और चाकलेट रंग उसे अच्छे लग रहे थे। अपने खड़े होने के स्थान से थोड़ी दूर बैठी निम्मी पर उसकी नजर रूक गई। जमी हुई धूल में उसका चेहरा सुर्खी लिए खुबसूरत लगा था। गहरी सोच में थोड़े फासले पर किसी चीज में आंखें गडाए वह बेखबर-सी बैठी थी। उसका हाथ बार बार नाक पर जा रहा था और फिर गोली-सी बांटते उंगलियों को ढीला छोड़ रही थी। उसने आंखें फेर लीं।

पीछे से आ रवि ने उसके कंधे पर हाथ रख दिया और वह अचकचाकर पीछे मुड़ा था।

मुसकराते हुए रवि ने पूछा था, “बोर तो नहीं हो रहे। भाभी को साथ क्यों नहीं लाए?”

जैसे इस प्रश्न के लिए वह तैयार न था, “कौन? इंदू! समय ही कहां था? नैनीताल से लौटा तो तुम्हारा पत्र मिला। इतना कम नोटिस मिलने पर भी देखो मैं आ गया हूं। तुम्हारी शादी में आने का वायदा मैं कभी नहीं भूला।”

"और सब तो ठीक चल रहा है न?"

"सब ठीक-ठाक है, तभी तो मुझे यहां पा भी रहे हो।"

रवि ठहाका मारकर हंस दिया। उसने जो कहा था, स्वयं भी उसका अर्थ शायद पल्ले न पड़ा था। फिर भी रवि की तसल्ली होते देख वह आश्वस्त हो गया।

"आओ, तुम्हें कुछ लोगों से मिला दूं।"

"नया कौन है यहां। सबको तो जानता हूं।" उसने टालने के लिए कहा था। रवि मुसकराता हुआ आगे बढ़ लिया था।

वह निश्चिंत हो काफी पीत रहा। एक बार फिर उसने जायजा लेने के अन्दाज़ में सामने फैले लोगों की ओर देखा था। निम्मी किसी से हंस-हंसकर बातें कर रही थी। और वह फिर से खूबसूरत लग रही थी! वह उधर हो लिया। आंखें चार होते ही वह ऊंची आवाज में बोल उठी, आओ-आओ, मैं कब से तुम्हें अलग खड़ा देख रही थी। अब फिर अकेले ही हो। इंदु कहां रह गई?"

वहां पहुंचने का उत्साह बुझ-सा गया। इंदु के न आने पर प्रश्न पूछे जाना उसे अच्छा नहीं लग रहा था। अनमना सा होते उसने कुर्सी खींच ली थी। निम्मी ने जैसे उसे भांप लिया था। और जान-बूझकर प्रश्न दुहरा दिया, "हमने पूछा है इंदु कहां रह गई?"

अपनी खीझ पर काबू पाते उसने मुंह खोला, "उसकी आने की इच्छा न थी।"

"झगड़ा हुआ लगता है।" और वह खिलखिलाकर हंस दी। फिर स्वयं ही बात बदलकर बोली, 'क्या मनहूसों की तरह खड़े काफी सुड़क रहे थे। कुछ खाया नहीं तुमने? अभी मंगवाती हैं।" और वह दूर खड़े बेयरा को देखने लगी।

"नहीं। अभी इच्छा नहीं है।" वह उठ खड़ा हुआ।

उसे लगा इंदु के प्रति वह स्वयं भी पुष्ट नहीं है। उसकी लाचारी एक बार फिर उबरकर सामने आ खड़ी हुई। मैं कर भी क्या सकता हूं! अच्छा होता मैं यहां नहीं आता। उसने इस खयाल को दबाना चाहा। मेरे लिए यातना का भोगना आवश्यक ही है क्या? फिर उसे लगा, वह चाहे या न चाहे, दुर्भाग्य में शरीक तो होना ही पड़ेगा। सहसा उसे लगा, ऐसे

आयोजनों में औरतों के बीच पड़ने से बदहवासी बढ़ जाती है। उसे उन मियां-बीवी के जोड़ों से हमेशा ईर्ष्या रही थी जो ऐसे आयोजनों में एक ओर खड़े हो उखड़ी-उखड़ी बातें बना एक-दूसरे की ढाल बनने का अभिनय करते हैं। वह तय न कर पा रहा था कि किससे बात करे। तभी रवि ने उसे बुलाकर उबार लिया था।

"भाभी को साथ न लाने की सजा भुगत रहे हो न। सोच रहा हूं तुम्हें किसके हवाले करूं?"

इससे पहले कि वह कुछ कहता, घबराया हुआ नौकर रवि की बगल में खड़ा हो हकलाता-सा बोला, "छोटे सरकार, नीना बीबी बेहोश हो गईं।"

उसे घसीटता-सा रवि कमरों की ओर हो लिया। सोफे पर नीना अधलेटी-सी पड़ी थी और उसके चारों और महिलाएं झुंड बना रास्ता रोके खड़ी थीं। मां नीना के दांतों में उंगली अटका पानी उंड़ेलने की कोशिश कर रही थी और मुंह से बड़बड़ा रही थी, "हाय, मेरी बेटी को क्या हो गया? आंख तो खोल! देख तेरा भाई आया है!"

उसने सबको कमरे से बाहर जाने का आदेश देते हुए नीना को उठा पलंग पर डाल दिया था। फिर मुड़कर उसने रवि की ओर देखा, "ड्राइवर को कहो गाड़ी लाए। मैं इसे डाक्टर के पास ले जाता हूं। तुम मेहमानों को देखो।"

नीना को लेकर डॉक्टर के पास जाने से वह स्वयं भी बहुत संभल गया। कुछ करने से पहले उसकी तबीयत हलकी हो गई थी। नीना एक ही रोज में उठ बैठी थी।

शाम को वह सज-धज से पार्टी में शरीक हुई थी। उसे पीछे से बांहों में भरते उसने बड़े प्यार से कहा था, 'भाई साहब, आपको बहुत बोर किया मैंने। दौरे तो अब पीछे ही पड़ गए हैं। आपका मजा भी किरकिरा कर डाला। आई एम वेरी सारी।"

पीठ पर नीना का स्पर्श उसे गुदगुदा गया था।

उसने बाजू से सहलाते कहा था, "पगली, यह भी कोई कहने की बात है!"

नीना ने और अपनेपन से पूछा था, "भाभी कहां रह

गईं ?"

सहसा उसके मुंह से निकला, "वह अस्वस्थ थी।" मां ने बीच में पड़ते कहा था, 'इंदु तो हमेशा से ही बीमार बनी रहती है। किसी अच्छे डॉक्टर को क्यों नहीं दिखाते ? सच, तुम्हारे लिए मेरा मन बहुत जलता है।"

उसे लगा इंदु साथ हो तो उसका मन इस तरह उचाट न होता। उस की उपस्थिति कम-से-कम उसे लोगों की पूछताछ से बचा ही लेती। और कुछ पूछने को है ही नहीं। उसे लगा वह इन सब लोगों की नजरों में मुजरिम है। यह सब उसे स्वार्थी समझ रहे होंगे—जैसे वह इंदु को कैद में डाल स्वयं रंगरेलियां मना रहा हो।

उससे फिर नहीं रुका गया। अपनी ऊब का उसे इलाज़ भी खुद आता है। वह एक बार की तरफ चल दिया जिन और बियर मिक्स कर एक ही सिप में खाली कर गया। पीना उसे रास नहीं है, फिर भी मौका पाते ही वह चुकता नहीं।

वहां से उठने पर उसे घबराहट शुरू हो चुकी थी और वह अपने कमरे की ओर मुड़ लिया। बेचैनी बढ़ी ही गई और वह देर तक लेटा रहा। इतनी भी हिम्मत नहीं जुट रही थी कि वाश-बेसिन तक चला जाए। उसने जेब से रूमाल निकाल मुंह के आगे रख लिया। दुहरा-तिहरा कर रूमाल उसने पलंग के नीचे डाल दिया। फिर कब तक सो रहा, उसे पता नहीं पड़ा। पसीना आकर सूख चुका था। वह उठ बैठा। नीना चाय का प्याला रख गई थी, पर कुछ भी निगलने के खयाल से ही उसे उबकाई-सी होने लगी। वह सोच रहा था, तीन दिन काटना कितना कठिन है। पर कोई बहाना न था, जो उसे छुट्टी दिला सकता। रूमाल को बाथरूम में डालने का खयाल मन में बार-बार कौंध रहा था। वह सीधा खड़ा हो गया। रूमाल उठाते ही तीखी बू चारों ओर फैल गई। सोते समय उसने हर चीज से तौबा करने का फैसला कर लिया था। शराब और औरत से उसे गहरी वितृष्णा-सी महसूस हुई। बाहर आया तो दरवाजे पर ही निम्मी मिल गई।

"अरे कहां छिप गए थे तुम ! आओ उधर कोर्ट में चलते है।"

कुछ लोग घेरा बनाए खड़े थे और कुछ ट्विस्ट कर रहे थे। निम्मी का ध्यान बंट गया था। वह एक ओर खड़ा रह गया।

सहसा उसने पूछा, "तुम्हें ट्विस्ट में कोई रुचि नहीं?"

"मैं कहीं और बहक गया था।"

"कहां?"

"तुम्हारे बारे में सोच रहा था।"

"क्या सोच रहे थे मेरे बारे में?"

"यानी कि तुम इन सालों में जरा भी नहीं बदलीं। हमेशा ही खुश और उतनी ही खूबसूरत।"

उसकी आंखों में इंदु का चेहरा तैर गया। वह भी कभी निम्मी की तरह ही लगती थी। सहसा उसके कदम कमरे की ओर बढ़ गए। उसे पता था, निम्मी भी उसके साथ-साथ अन्दर चली आएगी। उसे विश्वास-सा हो रहा था, अन्दर पहुंच यदि वह निम्मी से कुछ चाहने लगे तो वह विरोध नहीं करेगी। वह पलंग पर अधलेटा हो गया और निम्मी सामने पड़ी कुर्सी पर जम गई थी। उसे लग रहा था, निम्मी स्वयं ही शुरुआत करेगी। उसके सिर में, जिनके कारण उत्पन्न दर्द अब भी शेष था। तबीयत खराब होने से उत्साह वैसे ही बुझा-बुझा था। कुछ गर्म पानी की तलब अचानक उस पर हावी होने लगी, ओवरकोट पहनते हुए वह उठ खड़ा हुआ।

"कहां जा रहे हो? जब से आए हो खोए-खोए-से ही हो। कोई खास बात है क्या?"

वह क्षीण-सी हंसी हंस दिया, "नहीं कोई खास बात नहीं।"

निम्मी ने बढ़ उसका हाथ पकड़ लिया था, "बताओ न। मैं कुछ कर सकती हूं?"

उसने निम्मी को बांहों के घेरे में ले लिया। तभी निम्मी ने प्रश्न किया था, "इंदु से तुम खुश नहीं हो न?" वह चौंक-सा गया, पर उससे इंदु की सफाई में कुछ कहते न बना। उसे लगा, इंदु की बुराई में कुछ भी कह सकना उसकी सामर्थ्य के बाहर है। एक झटके से उसने घेरा तोड़ डाला। भुवाली सैनिटोरियम का छोटा-सा कमरा उसकी आंखों में नाच गया। जहां वह इंदु

को कुल चार दिन पहले भर्ती करने ले गया था। उसे लगा नींद से लड़ती इंदु करवटें बदल रही हैं। वह तेज कदमों से कुछ गर्म पानी की तलाश में कमरे के बन्द घेरे से निकल खुली सड़क पर आ गया था।

□□